120, RUE DE LA GARE

ISBN 3-907010-34-5

Postfach 4626 8022 Zürich
Übersetzung: David Basler
Lektorat: Urs Hangartner
Lettering: Jörg Walker
Gestaltung: Joe Zimmermann
Druck: Casterman Tournai Belgien
1. Ausgabe Frühling 1988

Malet-Tardi

120, RUE DE LA GARE

Band 1

EDITION MODERNE

NESTOR BURMA

Im 1943 entstandenen Kriminalroman «120, rue de la Gare» setzte Léo Malet zum ersten Mal den Privatdetektiv Nestor Burma als Hauptfigur ein. Eigentlich hatte Malet keine Fortsetzung vorgesehen, aber sein damaliger Verleger, durch den grossen Erfolg motiviert, drängte ihn, weitere Krimis mit Nestor Burma zu schreiben. Es sollten insgesamt 29 werden, in denen Burma, «l'homme qui met le mistère KO» (Der Mann, der das Geheimnis KO setzt), überaus erfolgreich und nonchalant agiert. Bereits 1946 wurde «120, rue de la Gare» verfilmt.
Gute 40 Jahre später wagt sich Jacques Tardi an die Comicsversion, die, wie schon seine erste Comicsadaptation von Nestor Burma («Die Brücke im Nebel» bei Carlsen), in enger Zusammenarbeit mit Léo Malet entstanden ist. Malet meint dazu: «Dieser Typ ist völlig irre. Eines Tages hat er die Strecke Denfert–Rochereau bis zu mir nach Châtillon (beides Orte in Paris) zu Fuss zurückgelegt, nur um die Autofahrt einer Person im Roman nachzuvollziehen. Wir bilden ein komisches Team: Tardi ist etwa so pedantisch wie ich zerstreut.» (Zitat aus «A suivre»). Der 184 Seiten lange Comics erscheint in der Edition Moderne in zwei Bände.

Zu den Autoren:

LEO MALET

Léo Malet, 1909 geboren, Anarchist, Surrealist, Chansonnier, usf. ist eine der schillerndsten Figuren der französischen Trivialliteratur. Zwischen 1941 und 1972 schrieb er ca. 80 Romane, aber auch Gedichte, Filmskripts, Chansons, Hörspiele, usw. Mit Privatdetektiv Nestor Burma hat er seine erfolgreichste Reihe geschrieben. 15 daraus sind im Rahmen der «Nouveaux mistères de Paris» entstanden, wo Nestor Burma jedes Mal in einem anderen Pariser Arrondissement einen Fall löst. Nebst dem spannenden Krimi eine geniale Vorstellung der Stadt Paris. Diese Reihe erscheint in einer liebevollen Ausgabe auf deutsch im Elster-Verlag München.

JACQUES TARDI

Jacques Tardi, 1946 geboren, gilt als einer der wichtigsten und berühmtesten Comicszeichner Frankreichs. Er hat mit seinem markanten Stil den neuen französischen Comics entscheidend geprägt. Nicht zum ersten Mal arbeitet Tardi mit einem Krimiautor zusammen. «Griffu», auf Deutsch «Der Schnüffler», entstand mit J.P. Manchette, dem bekanntesten Autor des neuen französischen Krimi (Série Noire).

Für meine Kameraden an den Heizkesseln des Stalags XB und insbesondere für Doktor Robert Desmond.
Léo Malet

Für meinen Vater
Tardi

September 1940.
STALAG XB
Kriegsgefangenen
Mannschafts Stammlager XB
IV
Attention! Qui dépasse cette limite, sera fusillé
Stop! Who will pass this limit, will be shot

ACHTUNG!
... da kommt ARTHUR!
Ruh'n!
Aufnahme

Meine Herren, ich danke ihnen für ihren Einsatz. Sie haben schon eine grosse Zahl ihrer Kameraden registriert.
Ich hoffe, die Arbeit geht in diesem Tempo weiter, so dass wir sie morgen beendigt haben. Ich werde ihnen für ihre Mühe ein Paket Tabak pro Mann verteilen lassen. An die Arbeit!
Danke schön, ARTHUR!
HA!HA! HA!
Die nächsten zwanzig!
Dem Aufnahmekapo ARTHUR fehlte es nicht an Humor. Der versprochene Tabak war gestern bei der Durchsuchung der zu Registrierenden beschlagnahmt worden.
Meine Rolle bestand darin, jedem der vorgestern aus Frankreich angekommenen Kriegsgefangenen einen Sack voll Informationen rauszulocken, damit ein Formular vollzukritzeln, das, nachdem es bei allen neun Schreibern vorbeigegangen war, gleichzeitig mit dem Titular beim letzten Feld landete, wo der KGF unterzeichnete.
Zum ersten dieser Herren! ... dein Name?
Ich weiss es nicht.
?

Wie,.. du weisst es nicht?
Nein,.. ich weiss es nicht.
Und deine Papiere? ...verloren?
Vielleicht, ich weiss nicht.
Hast du Freunde?
Ich,.. ich weiss nicht.
Er ist ein Kasper!.. seit über einem Monat spielt er den Verrückten! Ein Trick wie jeder andere auch, um ausgemustert und freigelassen zu werden,.. Ich wurde mit ihm bei Château-du-Loir geschnappt. Bin vom sechsten Genieregiment.
Er auch, oder?
Glaub nicht daran. Diesen Kaputt haben wir ihm in Auvours gegeben.
Wir nannten ihn DIE BLASE,.. seinen richtigen Namen habe ich nie erfahren. Als ich ihn zum ersten Mal sah, waren wir noch keine Gefangenen ... er hatte keine Papiere, nichts, nicht mal 'ne Zeitung im Sack. Ich wiederhole, das ist ein hartgesottener Kerl ... Das sagt dir BÉBERT, und BÉBERT, der kennt sich aus!
HA! HA! HA!
Ich brachte "DIE BLASE" zum Aufnahmechef, der meinen Ausführungen aufmerksam folgte.
Man soll ihn ins Lazarett schaffen. Die Ärzte werden uns sagen, ob er sich über uns lustig macht!
Ich füllte das rosa Blatt des Mannes, der seinen Namen nicht mehr kannte, aus. Es dauerte nicht lange. X, krank. Amnesie. Aber nun besass er eine Identität. Keinen Namen, eine Nummer. Für alle hiess er nun 60202.

Am selben Abend,..
He BÉBERT,.. Erzähl' mal vom Mann ohne Gedächtnis.
DIE BLASE? Ich sag's dir, ein hartgesottener Kerl!
Das hast du schon gesagt,..
Ich werde es dir erklären. Wir waren knapp ein Dutzend in einem Wäldchen. Ein Kamerad, als Kundschafter ausgesandt, hatte uns gerade gewarnt, dass die Deutschen ganz nahe waren,.. Es war Juni,... der 21ste, um genau zu sein.
Ein Kerl mit blutiger Visage versuchte kriechend den Weg zu überqueren,.. es war DIE BLASE,..
Seine Füsse taten ihm weh, er hatte sie sich irgendwo geröstet, konnte sie nicht mehr gebrauchen... Er verdrehte die Augen, das sag ich dir,.. und er war gut gekleidet.

Mir schien, als ob er mit diesen Klamotten den Deutschen entwischen wollte. Ich sag's dir: ein Schlaumeier,.. oder wirklich ein hartgesottener Kerl.
Kurz und gut, wir wurden alle geschnappt. Eingerahmt von den Feldgrauen wurden wir zu einem Hof geführt, wo schon einige der unsrigen gefangengehalten wurden. Da DIE BLASE nicht gehen konnte, wählten die Wächter die zwei Kräftigsten aus, die den Kerl tragen mussten,..
So kamen wir zum Hof und später ins Lager von Auvours... Nachdem die schlimm zugerichteten Füsse und die Schramme im Gesicht gepflegt worden waren, blieb er bei uns.
Er war sanft, höflich und erzählte uns, dass er sich an nichts erinnere, was vor seiner,.. seiner,...
Festnahme?
Genau, Festnahme,... er erinnerte sich an nichts, was vor seiner Festnahme lag. Wie findest du die Geschichte? Na ja ... jedem seine Chance,..
Er gehörte also nicht zum Sechsten?
Nein. Ich sag dir ja, den Kaputt kriegte er erst im Lager. Dort waren ziemlich viele aus unserem Regiment, und niemand kannte den Typ,.. ein hartgesottener Kerl!
Hast du schon gesagt,..

Am nächsten Tag, als der Arzt von seiner Nachtwache aus dem Spital kam...
Nestor BURMA? ... sie gestatten: Major Hubert DORCIÈRES.
?
DORCIÈRES wurde von seinen Kollegen als exzellenter Chirurg bezeichnet. Doch als Arzt schien er aus obigem Grund unfähig zu sein.
Sie haben, vor etwas mehr als einem Jahr, meiner Schwester in einer heiklen Lage geholfen. Es ging um Erpressung, sie erinnern sich?
Ich erinnerte mich sehr gut und es war mir scheissegal... Seit meiner Ankunft im Stalag war ich schon mehrmals "Patient" gewesen, und Dorcières hatte unsere Bekanntschaft geflissentlich übergangen.
Damals hatten sie noch keinen Bart.
Eine kleine Lagerlaune.
Wie kommt es, dass ein schlauer Detektiv wie sie noch nicht entkommen ist?
...Ich bin seit heute morgen arbeitslos. Meine Arbeit bei der Aufnahme ist beendet und ich möchte nicht auf Kommando. Hätten sie keine Arbeit auf dem Revier für mich, zum Beispiel als Pfleger?
?!
Kommen Sie morgen vorbei.

Geschniegelt wie er war, konnte Dorcières noch Eindruck schinden. Doch um mir meinen Wunsch zu erfüllen, musste ich hartnäckig sein. Er würde die Sache ewig vor sich hinschieben...
Zum Glück besass ich noch einen Draht zu einem anderen Arzt, der mich sofort ins Lazarett hineinmischelte.
Dort hatte ich mehrmals die Möglichkeit, Nr. 60202 zu treffen..
HE BLASE!
?

Wo könnte ich Sie schon gesehen haben ?
Ich heisse Nestor BURMA... im Zivilleben bin ich Privatdetektiv.
Nestor BURMA ?...
Ja. Nestor BURMA. Vor dem Krieg stand ich der Agentur Fiat Lux vor...
Nestor BURMA ?...
HUMPF... HUMPFF... HUMPFFF...
Nein... das sagt mir nichts.
Ich konnte ihn schlecht für einen Simulanten halten.
BURMA ?!... Das sagt mir gar nichts...
Die Tage, die Wochen, die Monate vergingen. Der Zustand der Nr. 60202 blieb immer gleich. Die Diagnose der deutsch-französischen Fakultät lautete auf unheilbar. Man beschloss, ihn mit dem nächsten Rücktransport nach Frankreich zurückzuschaffen.

Februar 1941.
Nummer 60202 hatte Pech. Seine Nummer, die auf der Liste der Entlassenen stand, wurde im letzten Moment von einem fahrlässigen Bürokraten vergessen und der Mann ohne Gedächtnis wurde dazu verdammt, seine Verzweiflung weiter zur Schau zu stellen.
... noch nicht wieder zuhause, "DIE BLASE"? Sieht eher schlecht aus für einen Schlaumeier.
Hallo Bébert!
Was gibt's Neues?
Es könnte besser gehen! Ich war auf Kommando und hab' um ein Haar meine Pfote dagelassen. Jetzt sind nur noch zwei Finger dran. Na ja ...
... Hoffen wir, dass mit diesem Zwischenfall meine Karriere hier beendet ist. Und ich brauch nicht zu simulieren wie der da ...
KG

November 1941.
Es geschah an einem Freitag abend, als ich im Lazarett Dienst tat...
.. DIE BLASE hatte hohes Fieber und schwankte seit Wochen zwischen Leben und Tod ...
!?
BURMA!
Sag Hélène
...120 RUE DE LA GARE..
!?
- PARIS ?
!
Seine Augen flackerten auf. Er hatte genickt. Kurz darauf ist er gestorben.

Armer Kerl! ... und ich hielt ihn für einen Hochstapler!
BÉBERT! Was treibst du denn hier?
Dysenterie... Ich fahr' mit dem nächsten Rücktransport in zwei Wochen! Hat lang' genug gedauert! Sag mal, DIE BLASE hielt ich für einen hartgesottenen Kerl... das ist ja 'n Ding.
Schnauze!
Plötzlich war ich nicht mehr der Kriegsgefangene, dem der Stacheldraht jede Persönlichkeit entzogen hatte, sondern Nestor BURMA, der Chef der Agentur Fiat Lux, Nestor BURMA, der Meisterdetektiv!
Im menschenleeren Büro des Majors hatte ich mir ein Stempelkissen besorgt. Zurück beim Toten nahm ich ihm die Fingerabdrücke.
?
DU BIST EIN SCHWEIN! POLYP!
Ich dachte, dass es nützlich sein könnte, den Pfarrer, der sich um die Bestattungen kümmerte, um ein Photo der geheimnisvollen Nr. 60202 zu bitten... um mein Dossier zu vervollständigen.

RUE
LA GARE
SUZE
120
?
Sag Hélène...

?
HA! HA! HA!
HA! HA! HA!
?!
Ähm..
HÉLÈNE ?
EIN RICHTIGER POLYP, BURMA!
LA GLOBULE
AU

HA! HA! HA!
Sehr lustig ist das, was, Edouard?
Punkt zwölf hatten wir Konstanz verlassen und darauf die verschneite Schweiz durchquert. In Zürich gab man uns Tabak. In Neuenburg, dem letzten Halt vor der Grenze, boten sie uns Schokolade, Wurst und Milchkaffee an, und in Bellegarde Schaumwein... Schlussendlich, so gegen zwei Uhr morgens, verlangsamte der Zug der Befreiten des Stalag XB mit all seinen Gerüchen von schwitzenden Körpern und Wein die Fahrt.

Wo sind wir, Edouard ?
LYON-PERRACHE! Blasmusik und Ehrengarde... das ist die freie Zone, Kamerad...
Eine Stunde Aufenthalt! Bleibt hier, Jungs, ich hab' Freunde im Bahnhofbuffet...
RÉSERVÉ
RÉSERVÉ aux PRISONNIERS et RAPATRIÉ
Eine halbe Stunde später...
Ist das nicht schön ?!... Beaujolais... fünf Liter !
Tolle Leistung, Edouard !
Nestor, schau mal !
?
Ein Leben ohne Wein, das kann nicht sinnvoll sein.

Schau mal die Puppe da, unter der Plakatwand ! Hübsches Mädel, nicht, Nestor ?
„, sag mal, ich habe das Gefühl, sie schon irgendwo gesehen zu haben ...
été hiver
CHAMONIX
MONT-BLANC
... ich weiss nicht wo, aber ich hab' sie schon mal gesehen,... als ob ich sie kennen würde !
Aha, ich hab's ! ... sie ist ein Filmstar! Erkennst du sie nicht ? Madeleine MORLAIN! Sie ist ein Star, ich hab' sie in "Nebel über der Brücke von Alma" gesehen,... nun Nestor, was meinst du !?!
RESERVE
RÉSERVÉ aux PRISONNIERS et RAPATRIES
« Ich geh' hin und verlange ein Autogramm. Einem Kriegsgefangenen kann sie's nicht abschlagen » sagte Edouard, der nichts ahnte. Er wollte aussteigen. Der Zugführer hinderte ihn daran. Der Zug fuhr weiter.
PARIS
241

Da sah ich auf dem Bahnsteig jemanden, den ich unter tausenden erkannt hätte.
BOB.., HE! BOB..
?
BURMA!
BURMA, DAS IST UNERHOFFT.. STEIGEN SIE AUS! HE!
STEIGEN SIE AUS... ICH HAB' WAS KOLOSSALES GEFUNDEN..
?!

Der Bahnhof war erfüllt von tausend Geräuschen, alle noch übertönt von einer donnernden "Marseillaise". Plötzlich verkrampfte sich Bob wie unter einem unerträglichen Schmerz...
CHEF..
AAA
CHEF!!! 120 RUE DE LA GARE..
A
!
AAA
...dann sah ich Bob über den Perron rollen.

FLEGEL!
Mach Platz, Schaffner! ...
Flegel!
Diese Tür hat während der Fahrt geschlossen zu sein!!
CLAC!
!?

BOB!
Himmel, er ist betrunken!

... na, man trinkt? Man ist besoffen?... man fällt aus dem Zug? Schöne französische Armee ist das!
Der Empfang in Zürich, der Schaumwein in Bellegarde... und der Beaujolais von Edouard hat mir den Rest gegeben.
Also!... Ein paar Schrammen ohne Folgen. Zwei, drei Tage Ruhe, ein paar Massagen und sie können wieder zum Zirkus, sie Akrobat! Diese Herren wollen mit ihnen reden.
Der Doktor hat mir erlaubt, Ihnen einige Fragen zu stellen. Sind sie in der Lage zu antworten?
?!
Mmmh..
Man hat einen Typen umgelegt in PERRACHE, vorhin,.. derjenige, der sich an ihre Türe gehängt hatte. Unnötig zu fragen, ob sie ihn gekannt haben, oder? Wir fanden bei ihm eine Fiat Lux-Karte und beim herkommen haben wir erfahren, dass sie Nestor BURMA, der Leiter dieser Agentur sind. Stimmt das?
Stimmt. Wir sind fast Kollegen.
Tja.. mein Name ist BERNIER. Kommissar Armand BERNIER.
Bob ist tot?
Bob?... Ah! ja, COLOMER? Ja. Er war voll Blei, Kaliber 32. Was hat er ihnen zugerufen, an der Wagentür?
Nichts Besonderes.

Wusste COLOMER, dass sie in Lyon vorbeifuhren ?
Nein, und ich erwartete nicht, ihm hier um zwei Uhr morgens zu begegnen... Als ich ihn auf dem Bahnsteig sah, rief ich ihn... ganz erstaunt, mich zu sehen, sprang er auf das Trittbrett. Der Bahnhof war sehr lärmig, die Blasmusik spielte, ich habe die Schüsse nicht gehört. Doch ich habe bemerkt, dass sein Regenmantel im Rücken zerrissen war... armer Bob...
Haben sie eine Idee ?
Keine! Ich kapier' gar nichts an dieser Geschichte, Kommissar. Ich war Kriegsgefangener...
Schon gut, schon gut. Als sie ihren Angestellten sahen...
Mitarbeiter!
Was ? Ah!... ja... wie sie wollen. Wann haben sie ihn zuletzt gesehen ?
Bei Kriegsausbruch schloss ich meine Agentur und rückte ein. COLOMER hat wahrscheinlich auf eigene Faust einige kleine Sachen weiterverfolgt. Er war dienstuntauglich... Probleme mit der Lunge. Ich blieb in Kontakt mit ihm, eine Karte von Zeit zu Zeit, und dann wurde ich gefangengenommen.
War er politisch interessiert ?
Jedenfalls bis zum September 1939 war er apolitisch.
Und danach ?
Das weiss ich nicht, aber es würde mich erstaunen.
War Robert COLOMER reich ?
Das ich nicht lache!
Wir fanden einige tausend Francs auf ihm, die meisten Scheine ganz neu...
Dass sagt mir nicht mehr als ihnen.
Warum sind sie vom Zug gesprungen ?
Es hat mich entsetzt, zu sehen, wie mein Mitarbeiter vor meinen Augen abgeknallt wurde... Ich wollte wissen, worum es ging. Als ich vom Zug sprang, schloss der Schaffner die Tür und mein Mantel blieb hängen. Ich konnte aus dem Mantel schlüpfen, aber ich geriet um ein Haar unter die Räder!!...
Haben sie etwas Aussergewöhnliches bemerkt ?
Gar nichts.
Ich habe nichts gesehen und nichts gehört. Ich kann ihnen nicht mal sagen, wo genau im Bahnhof wir waren, als es geschah. Der Zug fuhr bereits... es ist mir unmöglich, zu sagen, von wo genau geschossen wurde...

Oh!... das haben wir schon. "Chamonix, Mont Blanc", sagt ihnen das etwas? Der Mörder musste sich neben dem Brunnen unter diesem Werbeplakat befinden... es grenzt an ein Wunder, dass sonst niemand verletzt wurde... ein ausserordentlich geschickter Kerl, meiner Meinung nach.
Ich sagte, ich hab' nichts gesehen!
Dann fällt die Hypothese ins Wasser, wonach ich gemeint war und Bob nur versehentlich getroffen wurde. Es gibt einige, die mir Rache geschworen haben. Aber sie konnten das Datum meiner Freilassung kaum im Voraus erfahren... mit Bob habe ich immer Hand in Hand gearbeitet, wie man so sagt. Möglich, dass ein Typ, den wir mal einbuchten liessen, sich an COLOMER rächen wollte.... das müssen wir in Betracht ziehen...
Namen!... Herr BURMA! Die Namen dieser "Typen", der gefährlichsten, die vor einem Mord nicht zurückschrecken, und mit denen sie zu tun hatten die letzten Jahre.
Ich bin müde, Herr Kommissar, lassen Sie mich nachdenken...
Natürlich, natürlich... das Unmögliche darf ich nicht verlangen. Ich danke Ihnen für ihre Mühe.
Ich habe ein Jahr zwischen Hamburg und Bremen verbracht, es ist mir unmöglich, zu erraten, was COLOMER in Lyon wollte...
Gute Besserung... Gute Nacht, Herr BURMA.
'Nacht, Doktor.

Bei der Visite am nächsten Tag fand mich der Arzt in gutem Zustand.
Bald können sie ihre Nummer wieder starten ... in der Zwischenzeit, wenn sie rauchen wollen, dann bitte draussen!
Ich schrieb vier Briefe und eine Interzonekarte. Der Zug, den ich verlassen hatte, sollte seine Ladung Entlassener in Sète, Montpellier, Béziers und Castelnandary deponieren. Meine Post richtete sich an Edouard, an die vier Militärspitäler dieser Städte. Ich bat ihn, mir meinen Koffer, den ich im Gepäcknetz des Zugabteils liess, baldmöglich zuzuschicken.
Die Interzonekarte war für meine Hausmeisterin. Ich liess alles durch eine der Dienstschwestern verschicken.
Ist das die heutige Zeitung? lass mal sehen,..
?

TRAGÖDIE IM BAHNHOF VON PERRACHE
In unserem Bahnhof wurde heute nacht ein Herr Robert Colomer, 35 Jahre alt, wohnhaft in Paris, zur Zeit in Lyon, rue de la Monnaie 40, durch mehrere Revolverschüsse erschossen. Das Opfer war im Gespräch mit einem Ex-Gefangenen, der im abfahrenden Extrazug für Repatriierte, der sie in den Midi zu ihrer wohlverdienten Erholung führen sollte, sass.
Das Opfer, das man später als Privatdetektiv der berühmten Detektei von Dynamit-Burma, Fiat Lux, identifizieren sollte, war sofort tot.
Die Durchsuchung seiner Kleidung ergab keine konkreten Anhaltspunkte, die auf eine heisse Spur führen könnten. Eine sofortige Razzia, von den anwesenden Polizeikräften ausgeführt, ergab ein enttäuschendes Resultat: Verhaftet wurde nur ein von den Spezialdiensten wohlbekannter politischer Agitator wegen Übertretung des Aufenthaltverbotes. Diese Person war unbewaffnet.
Ausserdem wurde weder auf dem Schauplatz der Tragödie noch in der näheren Umgebung des Bahnhofs ein Revolver entdeckt.
G. D.
— Tu vois, mon petit, ex « poulain » Georges Co de T.S.F. qu'il vient de g belles étrennes. Il est vr
Comme peuvent étonner les pl de 3e et 4e occupées par Prêtr Guichon devant Petitjean, Let rand, Gallet, Leglise et Poirot Prêtre est ce bon coureur de sailles qui a commencé à faire ler de lui à l'âge de quinze ans qui fait que maintenant qu'il vingt-deux on le prend déjà pou vieux coureur alors qu'il es pleine force. Ce sera le gros der de toutes les compétition la saison.
La place de Guichon doit d davantage à réfléchir. Ou
BONNE DIGESTION
SEL DE FRUIT ENO
SEL DE FRUIT
LAB. CANAT · COURBEVOIE · SEINE
INTESTIN LIBRE · FOIE SOULAGÉ
« Dans l'ordre nouveau que nous instituons la famille sera honorée, protégée, aidée... »
Maréchal PÉTAIN
LES AVENT
— Dans un tel cas il faut mettre tou les atouts dans son jeu...

Na, Herr BURMA, gefällt es Ihnen in unserer schönen Stadt Lyon?
Sieh da... Kommissar BERNIER!
LE PROGRÈS
Ich habe Photos für sie.

Das ist COLOMER,... kein Zweifel, Herr Kommissar. Armer Bob.

Haben sie über diese "Typen" nachgedacht, die sie in letzter Zeit einbuchten liessen? Geben sie mir Namen, Herr BURMA.

Jean FIGARET, Joseph VILLEBRUN und Désiré MAILLOCHE... das waren hartnäckige Kerle. Bob und ich haben dazu beigetragen, sie ins Kittchen zu schicken. Wenn ich mich nicht irre, wurde VILLEBRUN der Bankräuber, im letzten Oktober in Nîmes entlassen.
Ich danke Ihnen.
Kommissar, ich habe die Zeitung gelesen und mit Vergnügen festgestellt, dass ich nicht die Schlagzeilen fülle. Vielleicht wegen des Redaktionsschlusses, aber ich hoffe, dass es dabei bleibt. Ich will meine Ruhe haben.

Wenn es nach mir ginge, würden sie völlig ignoriert. Auf Wiedersehen, Herr BURMA.

War das ... die Polente ?
JA, ES WAR DIE POLENTE! ICH HAB' EINEN GERICHTSDIENER ERSCHOSSEN, AUSSERDEM KOPFSCHMERZEN UND EINEN HAUFEN PROBLEME!
Die allgemeine Meinung war, dass Gefangenschaft manchmal eine komische Wirkung zeigt...
Die Schwester verteilte die Abendzeitungen. Ich erfuhr zwei Dinge: "LE CRÉPUSCULE" hatte sich nach Lyon zurückgezogen. MARC COVET, mein Kumpel und Journalist war seinem Blatt gefolgt; seine Unterschrift schillerte unter einem breiigen Artikel. Und zweitens: Man hatte erfolglos COLOMER s Wohnung durchsucht.
LE CRÉPUSCULE
Ich blieb zwei Tage im Bett. Am dritten Tag fühlte ich mich so wohl, dass sie mich in einen andern Trakt verlegten, wo, in der totalen Unordnung, einige mehr oder weniger angeschlagene Befreite auf ihre Abfahrt nach Hause warteten.
Lucien, mir ist stinklangweilig. Ich mach' einen kleinen Ausflug zu meiner Amme, sie ist aus Lyon ...
Is' mir egal!
Problemlos erhielt ich die Erlaubnis für einen kleinen Stadtrundgang.

HOPITAL GENERAL
Die Stadt war mir wohlbekannt, da ich mit zwanzig, zweiundzwanzig genug ohne Geld hier herumlungerte.
Scheissnebel! ...Scheissstadt!
Was wollte bloss COLOMER in Lyon?
FRANÇAIS
Le Chef de l'Etat vous parle
LYONNAIS
TRAVAIL FAMILLE PATRIE
Je vous ai tenu jusqu'ici le langage d'un père. Je vous tiens aujourd'hui le langage du chef. Suivez-moi. Gardez votre confiance en la France éternelle.
VIVE PÉTAIN
COLOMER?... er war voll Blei, Kaliber 32...

Am Place Bellecour wendeten sich meine Gedanken Madeleine MORLAIN zu ... nicht der richtigen, der anderen ... der vom Bahnhof ... die, die eine schwarze Automatik in ihrer weissen Hand hielt, als COLOMER zu Boden fiel ... War es Kaliber 32 ?
?
Ich schlenderte zurück, ging die Rue de la République hinauf ...
Ich erinnerte mich an das kleine Bistro um die Ecke, wo sie mich damals weggejagt hatten, weil mir einige Francs fehlten, um den Porto-Flip zu bezahlen. Ich machte mich auf die Suche ...
PASSAGE DE L'ARGUE

Schau an! ... da ist sie, meine kleine Reede. Sieht haargenau aus wie damals, nicht mal die Fassade ist gestrichen!
!
Ich erblickte Marc COVET persönlich, den Journalisten mit dem schwammigen Stil, Marc COVET, meinen Kumpel vom CRÉPUSCULE, hinter einem Glas Weisswein, beim Lesen seines Leibblattes. Ich hatte ein unheimliches Glück!!!
Sieh an!?
LE CRÉPUSCULE
Salü Schreiberling
BURMA! Was treiben Sie in Lyon? Fahnenflucht! Achtung! ... das bedeutet Tod durch Erschiessen! ... welch eine Armee! Sie werden sich doch einen genehmigen, um diese historische Abreibung zu feiern?
Einen Ananassaft!!! ... der Tod von COLOMER scheint Sie getroffen zu haben...
Als man ihn erschoss, sprach er gerade mit mir.
Und sie sind es...
Ja, das war auch ich. Ich widerholte meine Nummer: Absprung von fahrendem Zug ... aber behalten sie das für sich...

Haben sie COLOMER in letzter Zeit getroffen?
Von Zeit zu Zeit.
Worum kümmerte er sich?
Keine Ahnung. Er sah nicht wohlhabend aus.
Hat er Sie angepumpt?
Nein. Aber er wohnte...
... rue de la Monnaie, ich weiss. Kein glänzendes Quartier, aber das will nichts heissen. Arbeitete er noch als Detektiv?
Ich sagte schon, dass ich keine Ahnung habe. Wir kennen uns kaum und während sechs Monaten haben wir uns vielleicht vier, fünf Mal gesehen.
Tja ... sagen sie, COVET, ... ich möchte einen Anzug ausborgen. Ich habe den Buckel voll von der Uniform.
Schade! Sie steht Ihnen so gut!
Können Sie mir keinen Typ geben hinsichtlich des Bekanntenkreises von COLOMER?
Keinen. Ich habe ihn immer alleine getroffen.
Keine Frauen?
Frauen...?? Das ist lustig. Nein, keine Frauen. Aber, wegen der Frauen und so, Sie kannten ihn besser als ich. War er nicht ein wenig komisch?

([x] Enfer: Berüchtigte Abteilung der Nationalbibliothek in Paris mit sog. "obszöner Literatur")

Nach ihrem Abzug in die Armee habe ich ihr einen Job bei der "Lectout" verschafft, der Konkurrenz des "Argus".
Ich war auf dem Laufenden. Und seitdem?
Sie ist immer noch dort. Der Exodus führte sie bis nach Marseille, aber sie sind wieder nach Paris zurückgegangen.
SOIERIES
Haben sie Hélène mal hier gesehen?
Nie. Wieso?
?
Schauen sie, dieses Plakat!
BROUILLARD AU PONT DE L'ALMA
Madeleine MORLAIN
Madeleine MORLAIN! Schöne Frau, nicht? Was macht denn sie in diesem Sturm?
Hollywood, seit Beginn des Krieges.
Sie hat recht!

Hier ist es ...
Sagen sie, COVET, es ist fast gemütlich bei Ihnen.
?
Danke für den Anzug ... sie werden wohl einem armen Besiegten auch einen Regenmantel vorschiessen ... bei dieser Kälte?
Wär' das alles? Wollen sie mein Rasierzeug? ... meine Zahnbürste? ... meine Lebensmittelkarten? ... soll ich ihre Schuhe putzen?
Sagen sie, COVET, sind diese Fischgräten eine Leidenschaft von Ihnen? ... ich lass' meine Uniform hier, stört sie nicht, oder?
Haben sie keinen Schal? Was Warmes, aus Pyrenäenwolle zum Beispiel ... bei diesem Scheissnebel und meinem armen Hals ...
Geht das?
Schwarz? Meinen sie?
Heute abend, im Bistro, bringen sie mir die Angaben über Colomers Lektüre.
JA!

!?
Ich nehme diese da. Haben sie eine Schere ?
MADELEINE MORLAIN
Eins!..
DELEINE MORLAIN
Zwei !...
Drei !..
LIVRES NEUFS
LIVRES ANCIENS
?
Ich beschloss, einen Rundgang zur rue de la Monnaie zu machen... zur Nummer 40, um präziser zu sein, dem Wohnort COLOMERs... Bob, beim Studium der Werke de Sades... ich hatte Mühe, diese Sache zu verdauen...

Potz Bob!
Herr COLOMER wohnte hier, nicht wahr?... wir sind verwandt, ich bin soeben in Lyon angekommen, um zu erfahren...
Der arme Herr!
HOTEL
Meine Anteilnahme an dem tragischen und ungeklärten Tod meines entfernten Verwandten war gross. Der Krieg hatte uns getrennt, ich kam gerade in Lyon an... etc... eine handgestrickte Schwindelgeschichte, mit wohltemperierten Schluchzern durchsetzt. Der Hotelier hielt eine Lobrede auf den Verblichenen. Ein netter junger Mann, der immer zahlte.
Seine Schwester kam ihn hier besuchen, nicht? Nein?
Seine Schwester? ...ich glaube nicht!
...ein Detektiv? Vielleicht, wenn es die Zeitungen sagen. Auf jeden Fall sah er nicht danach aus... das gehört natürlich zum Beruf. Ha! Ha!
Und seine Verlobte?... Haben Sie die letzthin gesehen?
Seine Verlobte? ... Nie!... Potztausend, ein hübsches Ding!
Ich glaub's Ihnen. Armer Bob!
Ich stellte noch ein paar unwesentliche Fragen. Ich erfuhr auch nichts Wichtiges. Seit dem Ereignis hatte er keine Post gekriegt. COLOMER erhielt wenig Post... eine Interzonekarte hie und da, von seinen Eltern.

Um 16 Uhr überquerte ich die Saône...
Ich wollte zum Gerichtshof, mal sehen, ob Kommissar Bernier da war...
Er war tatsächlich da...
... Sieh mal an, BURMA! Wieder auf den Füssen?... Sie sehen piekfein aus! Ich verzichte auf den Handschlag, ich will sie nicht zerbrechen.
Ich bin wieder vollkommen gesund, Herr Kommissar. Wie steht die Sache?
Ich kann offen mit Ihnen reden?
Haben Sie Zweifel?
... Nun gut! Wir tappen im Dunkeln...
Kommen Sie doch in mein Büro.

BERNIER schob mir einen wackligen Stuhl zu (derjenige für die heiklen Verhöre)...
Ihr Mitarbeiter war verdammt geheimnisvoll. Wir fanden kaum etwas über ihn. Was VILLEBRUN, den Bankräuber, betrifft, der ist tatsächlich ungefähr zu dem von Ihnen angegebenen Datum in Nîmes entlassen worden, doch wir haben seine Spur verloren... Jedoch ist hier in Lyon einer seiner Ex-Komplizen aufgefallen. Aber er hat COLOMER nicht umgelegt. Er hat ein Alibi.
Oh!...die Alibis...
Einige Stunden vor der Tat wurde er auf frischer Tat als Ladendieb ertappt. Wir haben ihn verhört. Er behauptet, seit seiner Verhaftung nie mehr etwas von seinem Chef gehört zu haben. Wir überprüfen das.
9
DECEMBRE
Ausserdem wissen wir, was COLOMER auf dem Bahnhof wollte, als er umgelegt wurde. Er wollte in die besetzte Zone abhauen!
ABHAUEN?!
Das ist richtig! Alles beweist uns, dass seine Abreise überstürzt war. Die Angst vielleicht? Sein Vermieter war vor seiner Abreise nicht informiert worden... Er hatte kein Gepäck... oder haben sie welches gesehen?
Nein, in der Tat.
Also, kein Gepäck, kein Passierschein, und seine Brieftasche war wohlgefüllt. 9000 Francs, um genau zu sein... die Wohnungsprobleme, bedingt durch den Zustrom der "Rückzügler", haben COLOMER gezwungen, ein Zimmer in einem Hotel der dritten Klasse zu beziehen, in einer üblen Strasse... so hat er sein Geld im Tresor einer Persönlichkeit deponiert, die, sobald sie von den tragischen Umständen erfuhr, sich gemeldet hat.
1941
MARDI
9
DECEMBRE
Eine Persönlichkeit?
Es handelt sich um Notar MONTBRISON.
MONTBRISON?... Julien MONTBRISON, der Anwalt?... Er ist in Lyon?...
...er ist seit mehreren Jahren in Lyon. Kennen sie ihn?
Ich kenne ihn ein wenig. Geben Sie mir seine Adresse, ich werde kurz bei ihm vorbeischauen. Ich hoffe, sein Weinkeller ist immer noch so gut.
...26 quai Alfred-Jarry.

... und was hat er Ihnen erzählt, der Notar ?
... sie sind so neugierig, Herr BURMA! ...
Notar MONTBRISON hat uns mitgeteilt, dass COLOMER am Abend seiner Ermordung bei ihm gewesen ist und er um 11 Uhr sein Geld abgeholt hat,... Merkwürdige Zeit, sein Geld abzuheben, was seine Hast und sein unmittelbares Geldbedürfnis belegt. MONTBRISON war bei einem Empfang. COLOMER hat ihn überall gesucht, wo eine Chance bestand, ihn zu finden, das haben wir nachgeprüft,... überall, nur nicht am richtigen Ort,... Schlussendlich hat er aufgegeben und ist zum Wohnort des Notars zurück, wo ihn dieser gegen 11 Uhr in einem Sessel im Salon gefunden hat.
Nach MONTBRISONS Aussage sah COLOMER sehr aufgeregt aus,... er verlangte sein Depot, ohne Erklärung. Er sprach von keiner Reise, nichts. Trotzdem wollte er Lyon verlassen, ich würde sogar sagen, nach seinem Verhalten zu schliessen, er wollte fliehen,...
Das liegt auf der Hand!
Eine Gefahr, von der er erst am späteren Nachmittag erfahren hatte, bedrohte ihn - sein erster Besuch beim Notar war so etwa um sieben Uhr.
... Nicht nur aus dieser Stadt fliehen,...
Das liegt auf der Hand!
... sondern auch aus dieser Zone. Deshalb wollte er seine Knete, um seine illegale Überquerung der Demarkationslinie zu finanzieren, was bekanntlich eine Stange Geld kostet. Wir fanden im Futter seines Regenmantels zwei einfache Fahrkarten nach St. Deniaud, einem Kaff bei Paray-le-Monial, das den Spitznamen "das Sieb" hat,... unnötig zu sagen warum...
Zwei Fahrkarten?

Die zwei Fahrkarten, von denen die eine entwertet war, wurden mit wenigen Minuten Unterschied gekauft. COLOMER wusste offenbar nicht, dass seine Manteltasche ein Loch hatte ... er hat vermutlich seine erste Fahrkarte in die Tasche getan, beim Vorweisen an der Bahnsteigkontrolle nicht mehr gefunden, ist darauf zurückgegangen, hat eine zweite Fahrkarte gelöst, diese in der Hand gehalten bis nach der Entwertung und erst dann in die Tasche gesteckt, wo sie wie die erste endete ... im Mantelfutter. Das ist die einzige Erklärung ...
Sie denken vielleicht, dass er nicht allein reisen wollte ... und dass sein Begleiter der Täter war?
Wenn Bob so verängstigt war, wäre er bestimmt nicht mit dem Grund seiner Angst abgehauen ... jedenfalls wäre er nicht so dumm gewesen, seinem Mörder noch die Fahrkarte zu bezahlen ...
Um 18 Uhr verliess ich das Gerichtsgebäude.
Bevor ich den Kommissar verliess, teilte ich ihm noch meinen Besuch im Hotel COLOMERS, rue de la Monnaie, mit, ... «Ich hätte es Ihnen verschweigen können, aber ich war ziemlich sicher, dass der Hotelier Sie davon unterrichten würde. Ich habe nichts entdeckt, der Chef schien mir nicht viel zu wissen ...» «Besser, wir verschweigen einander nichts, Herr BURMA, ich danke Ihnen für Ihre Offenheit.» ... Ich konnte ein aufkommendes Lachen unterdrücken ...
GRANGE

Fassen wir zusammen: COLOMER hatte sein Geld beim Notar MONTBRISON deponiert und einige Stunden, bevor er getötet wurde, wieder abgeholt. Aus dem Bestimmungsort der Fahrkarten schliesst der Kommissar, dass Bob illegal die Demarkationslinie überschreiten wollte,..
MONTBRISON fand COLOMER "aufgeregt" vor,.. nervös,.. der Polizist folgert, dass Bob bedroht war und ihn die "Angst" zu dieser überstürzten Reise nach Paris trieb,.. Ich sah ihn nur wenige Sekunden am Bahnhof, er schien aufgeregt, aber überhaupt nicht verängstigt... und als er tödlich getroffen wurde... sah ich in seinem Gesicht nur erstaunen,.. er hatte dies nicht erwartet,..
CHEF!!! 120 RUE DE LA GARE..
Um 18 Uhr 20, nachdem ich einen im Nebel mit mir zusammengestossenen Einheimischen nach dem Weg fragte, überquerte ich wieder die Saône
Was auch immer, mein Reiseziel war 120, rue de la Gare; eine Adresse, die mir ein Mann unter dramatischen Umständen zugeflüstert hatte... Was für ein Zusammenhang bestand zwischen COLOMER und dem Mann aus dem Stalag?
Sag Hélène 120 RUE DE LA GARE..
!?
COLOMER hatte zwei Fahrkarten gekauft. Wieso?.. Offensichtlich, weil sich sein Reisegefährte schon im Bahnhof befand, aus einer anderen Richtung kommend. Wer war diese Person? Die Frau im Trenchcoat? Der Mörder?.. Nach dem, was ich gesehen hatte, waren die junge Frau und der Mörder ein und dieselbe Person,

(x) Trinkwasserversorgung

Um 19 Uhr 05 überquerte ich die Rhône.
Neben seinen hervorragenden Fähigkeiten als Dieb hatte Eiffelturm-Jo die spezielle Gabe, durch Wände hindurchzugehen. Sei es in Frankreich oder im Ausland, überall war er auf ähnliche Art ausgebrochen. Er war 1938 in England gestorben. Seine Leiche, von Krabben halb verzehrt, wurde am Strand von Cornouailles aufgefunden, wo er, unter falschem Namen und zwischen zwei Piratenakten, seine Ferien verbrachte.
Eiffelturm-Jo war beim Baden ertrunken. Die Juweliere und Polizisten der Welt konnten aufatmen,..
Das gehörte zur Vergangenheit. Warum sammelte COLOMER diese alten Zeitungsausschnitte über den vor drei Jahren von den Krabben gefressenen Georges PARRY alias Eiffelturm-Jo?

Auf jeden Fall hat nicht Eiffelturm-Jo COLOMER umgelegt!
He! He! He!... Wer weiss? In einer Stadt der Spiritisten, Theosophen und anderen Sprüche-klopfern wie Lyon, da wäre das Eingreifen eines Gespenstes nichts Aussergewöhnliches, oder?
Um 19 Uhr 15 läutete ich bei Notar MONTBRISON.
Ein schweigsamer Diener führte mich zum Arbeitszimmer des Anwalts.
MONTBRISON schien nicht über alle Massen unter den Einschränkungen zu leiden, er war genau so, wie ich ihn in Paris kennengelernt hatte.
Herr Anwalt.
BURMA!
Was für eine Überraschung! Nehmen sie doch Platz. BURMA, was treiben Sie denn in unserer Gegend?

Notar Julien MONTBRISON war ein talentierter Anwalt, geschickt und schlau, von zynischer Beredsamkeit und zu allem ein angenehmer Kumpel. Wir sprachen von der Gefangenschaft. Nachdem wir die Tagesthemen und banalsten Gemeinplätze beredet hatten, kam ich zum Thema: COLOMER.
Dass Sie Zeuge des Mordes waren, ist mir neu! Eher ein schlechter Anfang im Zivilleben. Sagen Sie mir, hat der brillante Detektiv eine Idee?
Keine. Ich war zu lange zu weit weg.
Setzen Sie sich doch endlich, BURMA.
HISTOIRES EX
A. EDGAR POE
Die Polizei nimmt an, dass mein Mitarbeiter Opfer einer Rache ist, politisch oder so ... und ihre Aussage bestätigt diese Ansicht.
Aha! Sie sind auf dem laufenden?
Mehr oder weniger. Ich weiss, dass er kurz vor seinem Tod hier war, um das Geld abzuholen, das er ihnen anvertraut hatte. Acht- oder neuntausend Francs, hat man mir gesagt... das ist viel Geld für COLOMER, der nicht sparsam war! Woher kam dieses Geld?
In der Tat hat er mir das Geld anvertraut... aber dessen Herkunft ist mir unbekannt. Nehmen sie eine Zigarette. Es sind Philip Morris, eine Seltenheit in diesen Zeiten. Ich habe eine kleine Reserve davon.
Danke, ich bin Pfeifenraucher.
... Kommen wir auf COLOMER zurück. Als ich heimkehrte, fand ich ihn in demselben Sessel, in dem Sie jetzt sitzen. Er erwartete mich. Mein Diener wusste nicht, wo ich zum Essen war. Immerhin wusste er, dass ich so um 11 Uhr zurück sein würde. Er hatte ihm erlaubt, auf mich zu warten. Seine Haltung war besorgniserregend. Haben sie schon Menschen in totaler Panik gesehen, BURMA?
Ja
Ich auch. Die Verurteilten zum Beispiel, am letzten Morgen. Nun gut, COLOMER, ohne die Relationen zu verlieren, zeigte Anzeichen einer solchen Angst, sodass ich ihn sogar fragte, ob er nicht leidend sei und ...

Etwas, was ich dem Kommissar verschwiegen habe, kann ich Ihnen noch sagen... Ich glaubte, dass er sein ganzes Geld für den Kauf von Drogen brauchen wollte.
!?
Neuntausend Francs für Drogen!... Das ist unwahrscheinlich!... Und das haut nicht hin. COLOMER nahm keinerlei Drogen.
Ich bin kein Arzt! Werden Sie nicht böse, BURMA. Sie erinnern mich an COLOMER. Er wurde auch wütend, als ich ihn auf Drogen ansprach und wir wechselten heftige Worte... nun bedaure ich das... kurz, aufgebracht, wie ich war, machte ich ihm Vorwürfe, ohne mich weiter um ihn zu kümmern. Er hinterliess einen komischen Eindruck von Angst und Verwirrung. Armer Kerl... Ich konnte es kaum glauben, zwei Tage später seinen Tod aus der Zeitung zu erfahren.
Offensichtlich war meine Idee mit den Drogen falsch. Was bleibt uns als Hypothese für sein merkwürdiges Verhalten in jener Nacht? Seine Geldnöte und seine augenscheinliche Angst? Die Angst vor einer Rache? Professionell, politisch oder beziehungsmässig? Das Beziehungsdelikt aus Leidenschaft fällt weg, er hatte keine Liebesbeziehungen... auf jeden Fall keine so gefährlichen. Wegen der Politik verbrachte COLOMER keine schlaflosen Nächte. Bleibt die Rache aus professionellen Gründen, nicht?
Kommissar BERNIER ist auch nicht weit von dieser These entfernt. Er hat schon den Ex-Komplizen eines hartnäckigen Bankräubers, der dank Bob und mir eingebuchtet wurde, ausfindig gemacht. Was diese Spur wert ist, frage ich mich.
Ist dieser Gangster gefährlich?
Er ist kein Unschuldslamm. Aber dass er soweit gehen würde, einen Typen wie COLOMER zu terrorisieren... Ganz ehrlich, MONTBRISON, machte COLOMER auf sie den Eindruck, total eingeschüchtert zu sein?

Total eingeschüchtert vielleicht nicht... Ausserdem habe ich eine Sehschwäche... Aber glauben Sie mir, wie auch immer, seine Angst war da. Und sie, am Bahnhof, haben sie nichts Besonderes bemerkt? Was hat er ihnen gesagt?
Nichts. Er hatte keine Zeit mehr. Der Zug fuhr ab. Er sprang aufs Trittbrett. Dann brach er zusammen.
Sah man ihm die Angst nicht an?
Nein!
...sie müssen entschuldigen, dann komme ich nochmals auf die Betäubungsmittelspur zurück. Angenommen, aus irgendeinem Grund muss COLOMER schleunigst Lyon verlassen. Er kommt zu mir, um sein Geld zu verlangen. Seine aussergewöhnliche Nervosität, seine Verwirrtheit, die ich für Angst hielt, hatte vielleicht nichts mit dieser Reise zu tun, sondern mit einem langen Drogenentzug. Nach seinem Besuch bei mir beschafft er sich Drogen und nimmt sie ein. Wenn Sie ihn drei Stunden später in Perrache treffen, ist er frisch und munter. Was halten Sie davon?
Das könnte sein... bis auf eines. Ich verliess COLOMER bei Kriegsanfang. Er nahm keine Drogen. Möglich, dass sich das seither geändert hat... das kann ich nicht sagen... aber Sie, Sie haben ihn in letzter Zeit gesehen. Sah er drogensüchtig aus?
Ich bin kein Arzt. Nur das Resultat der Autopsie kann uns weiterhelfen. Kennen sie es?
Nein. BERNIER hat kein Wort über den Autopsiebericht gesagt... Sei es, weil er nichts zu sagen hatte oder vielleicht zuviel... Dieser Kommissar ist nicht die Ehrlichkeit in Person. Man redet und redet, das gibt Durst. Wenn ich mich recht erinnere, hatten sie damals einen guten Weinkeller...
Herrgott BURMA! Das war die wichtigste Frage, die Sie mir stellen wollten, nicht? Alter Fuchs! Glauben Sie, ich hätte so lange gewartet, um anzustossen? Ich habe nichts mehr. Ich war leider damit nicht so vorsichtig wie mit meinem Lieblingstabak.

Aber keine Bange. Ich habe hier nichts Besonderes zu tun. Ich lade sie zu einem Ersatz ein in einem von den Gästen erwärmten Café.
Ich kann Ihnen nur wenig Zeit gewähren. Ich habe ein Treffen mit einem Journalisten in einem Bistro in der Passage de...? Ich hab' den Namen vergessen, es ist am Place de la République.
Ist es indiskret, sie zu begleiten?
Nein, wenn Sie bitte vergessen wollen, dass ich Nestor BURMA heisse.
Ha! Ha!
Geh'n wir.
Beim Gehen überreichte ihm der Diener eine Vorladung, die von einem Fahrradpolizisten gebracht worden war.
Übrigens, hat Kommissar BERNIER ihnen etwas von Antoine CHEVRY und Edmond LOLHÉ gesagt?
Was sind das für zwei Vögel?
Oh! Nichts weiter wichtiges... Sie sind immerhin in meiner Aussage erwähnt... sie wissen besser als ich, wie diskret COLOMER war. Ich glaube, ausser mir besuchte er niemanden regelmässig. Ausser diesen beiden jungen Leuten...
950 A39
... die ich ihm als mögliche Hilfen vorgestellt hatte, zu der Zeit, als er ein Detektivbüro eröffnen wollte. Das bei mir deponierte Geld sollte zur Gründung dienen... nun ist es ein Projekt geblieben...
Ja?!

Sagen sie mir nochmals wie diese zwei "Teilhaber" von COLOMER hiessen.
Antoine CHEVRY und Edmond LOLHÉ, aber ich kenne ihre Adresse nicht,,,
LOLHÉ ist nach Marokko verreist... Ich habe von ihm eine in Marseille abgeschickte Karte erhalten. CHEVRY ging zurück zu seinen Eltern irgendwo an der Côte d'Azur. Sie haben COLOMER durch mich kennengelernt, das heisst, dass sie nicht viel mehr wissen als ich.
LION NOIR
BERNIER lässt sie sicherlich suchen, das gehört zur Routine... Wenn er sie erwischt, werden sie ihm nur Unwesentliches sagen können.
TABAC CARNOT
Da sind wir.
Einen synthetischen Aperitiv schlürfend, erwartete uns COVET in der lauwarmen Bar.
Haben sie die Informationen?
Nein... aber versuchen sie das, es schmeckt abscheulich!!
Herr Rechtsanwalt MONTBRISON aus Paris... Marc COVET vom CREPUSCULE.
Freut mich, sie kennenzulernen.
Sehr erfreut, Herr Anwalt.

Wir haben drei Aperitivs getrunken (jedem seine Runde), dann beschlossen wir, in einem Restaurant, das COVET kannte, essen zu gehen.
Wie kommt es, dass sie meinen Tip nicht haben?
Der Literaturkritiker ist abwesend. Er hat eine Freundin auf der anderen Seite der Linie, und da er ein Dauervisum hat... Er wird morgen wieder da sein. Kommt es auf den Tag an?
Nein, das geht.
Das Restaurant war voll zurückgezogener Journalisten aus Paris und einheimischer Grössen. Einige grüssten den Anwalt, aber niemand erkannte den Leiter der Fiat Lux-Agentur...
COVET, Ihr Kritiker hat ein Dauervisum, sagen sie,... und sie selbst?
Nein,.. ich kann mir vorstellen, dass sie wieder meine Hilfe hätten brauchen können?
Genau. Ich habe eine wichtige Nachricht nach Paris zu übermitteln. Die Interzonekarten dauern eine Ewigkeit. Wenn sie heute nacht die Linie passiert hätten, hätten sie meine Botschaft im nächstbesten Kaff einwerfen können.
Und sie, MONTBRISON? Verfügen sie bei Ihren Beziehungen nicht über einen Boten?
Nein, leider nicht.

Ich muss in ein paar Tagen nach Paris. Dafür habe ich einen Passierschein beantragt. Vor kurzem hat mir ein Fahrradpolizist eine Einladung aufs Polizeiamt überbracht. Ich werde meinen Schein kriegen, aber zu spät, um Ihnen behilflich zu sein.
Trotzdem danke.
Ich habe 'was besseres. Schaut mal den Typen da, er schuftet beim selben Blatt ... und er fährt heute nacht nach Paris, er wird morgen um 7 Uhr dort sein.
HE! Arthur. Komm 'rüber, ich stelle dir einen alten Kumpel vor!
?
Der Journalist hatte seine Mahlzeit beendet. Er kam an unseren Tisch.
Na, was offeriert ihr?
Setz dich, Arthur.
Nachdem die Begrüssungen vorbei waren, erzählte ich ihm, was ich von ihm erwartete. Er nahm die Aufgabe an. Auf einem Stück Papiertaschentuch schrieb ich originelle Betrachtungen über das Wetter, die ich an Florimond FAROUX, meinen Draht zur Kripo, adressierte. Ich hatte ihm vor Jahren aus einer heiklen Sache geholfen und er war mir dankbar.
So, das wär's.
Das ist nicht sehr kompromittierend.
... Und dazu an einen Polizisten gerichtet. Schicken sie es per Eilboten.
Geht klar. Falls der Zug nicht entgleist, hat Ihr Polyp das morgen vormittag in der Hand... Na, was bieten sie?
In Wirklichkeit bedeuteten meine meteorologischen Glossen, dass ein Überwachung des Hauses 120, rue de la Gare und eine Überprüfung seiner Bewohner mir viel bringen würden. FAROUX wurde gebeten, die Antwort Marc COVET, Redaktor des in Lyon stationierten CRÉPUSCULE, zu bringen.

Zwei "Tabliers de Sapeur" ein "Feuilleté au Roquefort", für wen ist das?
Für mich. Noch eine Flasche vom selben, bitte ...
Arthur hatte sein und COVETs Glas geleert. Wir haben noch eine Flasche bestellt und dann noch eine ... und noch eine.
Nach dem Essen waren wir alle sehr lustig und Arthur BERGER erzählte uns mit schwerer Zunge seine journalistischen Taten.
Der Typ ist stockbetrunken. Mein Gekritzel ist futsch. Er wird seinen Zug verpassen, und wenn er ihn nicht verpasst, wird er meinen Brief in seiner Tasche vergessen. Danke, COVET, für deinen Kumpel! Bravo für deine tölpelhaften Drehs!
DIE FLASCHE SUCHT IHRE SCHWESTER!
Er sah MONTBRISON auf komische Art scharf an. Seit er an unserem Tisch sass, hatte er ihn nicht aus den Augen gelassen.
?
Wisst ihr, ich bin ein aussergewöhnlicher Typ... Tja ... und ich werde es euch sofort beweisen.
Wie geht's denn Ihrer Verletzung? Ha! Ha! Ha! ... Das haut euch um, was?
Me... meine Verletzung?

Ja, ihre Verletzung an der linken Hand ... LA FERTÉ-COMBETTES, ... im Juni 40.
Das ist richtig!
Ein Querschläger hatte meine Hand durchschlagen. Schaut mal: Keine Spur mehr. Sie haben ein fabelhaftes Gedächtnis, Arthur!
Ich sag's euch: Ich bin ein aussergewöhnlicher Kerl! ... Ich war damals Kriegsberichterstatter, und es ging heiss zu in diesem Kaff! Drunter und drüber ... Unsere Armee brach zusammen.
HA!HA!
HA! HA! HA!
Ich schlug vor, dies zu begiessen. Der Zwischenfall hatte mich beruhigt. Ein Kerl mit solch einem Gedächtnis würde mich mit meinem Auftrag nicht im Stich lassen.
Sie waren schon in Zivil. Sie haben nicht lange gebraucht, um Zivilklamotten zu beschaffen und so der Gefangenschaft zu entkommen ... Alle Achtung für ihr Tempo, Herr Rechtsanwalt! Ich habe erst am Tag, nachdem ich sie traf, welche gefunden, und ich bin durchaus nicht unbegabt in diesen Dingen ...
EINE ANDERE!
HA!HA! HA!
Um 22 Uhr 30 verliess uns Herr Arthur BERGER. Er war betrunken, aber immer noch zurechnungsfähig.
Vergessen Sie meinen Express nicht!
Ihr Polyp kriegt seinen Brief!
HA!HA!
Um 23 Uhr musste der Wirt uns rausschmeissen.
Übernachten sie doch bei mir, Nestor.
Sie haben zuviel getrunken ... Ich biete ebenfalls meine Gastfreundschaft an.
NEIN!

Ich geh' ins Spital zurück!
Seien Sie vernünftig, BURMA. Mein Wagen steht um die Ecke, ich nehme sie mit.
NEIN!
Dann begleite ich Sie!
...und ich auch. Das Gehen wird uns gut tun.
HOPITAL GENERAL
Ein Jahr Gefangenschaft und unser Meisterdetektiv verträgt den Alkohol nicht mehr!
Ja... das ist eine traurige Tatsache.
HE SIE!
Wissen sie, wie spät es ist?! Man erlaubt sich alles, wie?!! ...Und dazu in Zivil! Sie kümmern sich einen Dreck um die Hausordnung, mein Herr! Den nächsten Urlaub kannst du vergessen! Und morgen geht's ab in die Küche! Wie sollen wir denn einen Krieg gewinnen mit solchen Nieten?!!
INFIRMERIE
Auf meinem Bett fand ich einen Brief und den Koffer, den ich im Zug gelassen hatte. Diese zwei Objekte hatten eine gemeinsame Herkunft: Edouard. Er befand sich in Castelnaudary in einem Militärspital. Auf vier Seiten erzählte er mir, dass es ihm gut ging.
Man hatte mir zwei Pakete mit Tabak geklaut, dazu ein Paar Socken und eine Unterhose, aber ich fand das, was ich unbedingt wieder haben wollte: Die Fingerabdrücke und das Photo des Mannes ohne Gedächtnis aus dem Stalag.
60202

Ich legte diese zwei Dokumente zur Sicherheit in meinem Hemdensack ab. Dann liess ich mich in die kalten Bettlaken gleiten und versuchte nachzudenken.
BURMA!
?
EIN RICHTIGER POLYP!
BEBERT!!! MACH KEINEN MIST!
KG
BEBERT!!!
PANG
AA
KG
60202 x 120 = 7224240
60202 x 120 = 7224240
60202 x 120 = 7224240
60202 x 120 = 7224240
60202 x 120 = 7224240
60202 x 120 = 7224240
60202 x 120 = 7224240
60202
120
EIFFEL-TURM-JO!

60202 x 120 = 7224240
60202 x 120 = 7224240
60202 x 120 = 7224240
Herr-gott!
DIE SCHWE-STER !!!
Geh'n Sie nicht hin, BURMA!
HA HA! HA!
AAA
Jo!
Mittwoch, den 10 Dezember 1941, um 8 Uhr morgens.
Der Ausgang hat Ihnen nicht gut getan. Sie sind sehr aufgeregt. Trinken Sie diesen Tee, er wird Ihnen gut tun.
Kaum draussen schon besoffen!

Ich rasierte mich. Die Duschen funktionierten, also duschte ich. Danach ging es viel besser. Ich vermied das Büro, wo sie die Ausgangsbewilligungen erteilten, und schlich bei der Küche herum. Im Nu war ich draussen.
AU!
Kann ich dein Beret ausleihen, Lucien? Ich geh auf einen kleinen Rundgang und muss meine Gedanken im Trockenen halten.
Ist mir egal!
In einer Bar blieb ich sitzen. Ich nahm das Telefonbuch und schrieb mir fünf Namen auf.
BILLARD
Es war zu früh um anzufangen. Ich schlug die Zeit tot, indem ich ein paar Pfeifen rauchte und den Fluss entlang schlenderte. Es war kalt, aber erträglich. Als ich es 10 Uhr schlagen hörte, fing ich an.

Zuerst besuchte ich einen gewissen Herrn Pascal, wohnhaft an der Rue de Crequi, zuhinterst in einem dunklen Hinterhof. Die Gestalt, die mich empfing, nannte sich «Sekretär» und war offensichtlich ein Erpresser. Ich hatte ihn im Verdacht, weder lesen noch schreiben zu können.
Ich werde sie anrufen. ... Danke.
Verdammte Scheissstadt!
Ich sah noch drei weitere angebliche Privatdetektive, die mir auch nicht besser gefielen. Der eine schien zu schlau...
Der andere zu wenig...
Ich werde Ihnen schreiben.
Der dritte verweichlicht.

Mein Name ist Nestor BURMA. Ich möchte Herrn LAFALAISE sehen.
Der Nachmittag war fast vorbei, als ich in einer hübschen Strasse in der Nähe des Tête d'Or-Parks den richtigen Mann entdeckte, denjenigen, mit dem ich hätte anfangen sollen.
?
1941
Was hör'ich da? Nestor BURMA, der Mann, der jedes Geheimnis K.O. schlägt, Dynamit BURMA, der Meisterdetektiv? Kommen sie in mein Büro, lieber Kollege.
Gérard LAFALAISE, jung und begeisterungsfähig, passte mir sofort.
Sie haben wohl aus der Zeitung erfahren dass einer meiner Mitarbeiter namens COLOMER im Bahnhof Perrache ermordet wurde...
Aber... aber sicher.
Das Folgende erwarte ich von Ihnen... COLOMER wollte hier eine ähnliche Detektei wie in Paris aufmachen. Es ist möglich, dass er mit Angestellten von hiesigen Agenturen Kontakt aufgenommen hat...
Alles klar.

Ich glaube kaum, dass er jemanden aus Ihrer Agentur kontaktiert hat. Aber es ist gut möglich, dass er mit einigen Ihrer Lyoner Kollegen in Verbindung getreten ist. Ich zähle auf Sie, um mir da Klarheit zu verschaffen.
Ich werde mein Mögliches tun.
Was anderes. Kennen Sie dieses Mädchen? Sind Sie ihr 'mal begegnet?
Sie machen sich lustig, Herr BURMA!... Das ist Mado MORLAIN, der Filmstar!... unter uns gesagt, "Nebel über der Brücke von Alma" ist ein sehr schöner Film... Welch eine Schauspielerin!!!
Ich suche eine Frau, die ihr sehr ähnlich sieht. Da ich kein Photo von ihr besitze, habe ich dieses hier genommen. Es ist besser als nichts. Nun?
Nein. Wenn ich jemals jemand gesehen hätte, der ihr ähnlich sieht, würde ich mich daran erinnern.
Ihre Sekretärin? Einer Ihrer Mitarbeiter?
Er läutete seiner Sekretärin. Hatte sie in der Stadt eine junge Frau bemerkt, die auf verblüffende Art Madeleine MORLAIN glich?
Nein, aber der Sohn meiner Milchhändlerin gleicht FERNANDEL. Er ist in Gefangenschaft - Stalag IIB - im östlichen Pommern... Es ist kalt dort. Seit man ihnen, dank dem Marschall Pétain, Pakete schicken kann, strickt seine Mutter Pullover...
Das reicht!...
...Louise, sobald Paul Victor und Prosper zurück sind, stellst du ihnen dieselbe Frage, falls ich abwesend bin.
Ja, Chef.
Geben sie her.
Nachdem ich meine Anweisungen gegeben hatte und die Honorarfrage geregelt war, verabschiedete ich mich.

PATRIE
SUIVEZ MOI!
CONFIANCE EN LA FRANCE ETERNELLE
Der Nebel war dichter geworden. Die durch eine halbherzige Tarnung verdunkelte Strassenbeleuchtung versuchte ihn erfolglos zu durchdringen.
Um 19 Uhr 30 überschritt ich schaudernd die Boucle-Brücke. Man sah kaum zwei Meter weit.
Auf der andern Seite der Brücke nahm ich eine von mürrischen Benutzern besetzte, rumpelnde Strassenbahn.

Die ruhige Atmosphäre im Café in der Passage war mir willkommen. Ich setzte mich zum Ofen. Wenig später kam COVET.
Sagen Sie, gestern abend waren Sie aber wirklich voll!
Haben Sie meine Informationen?
Ja, der Literaturkritiker ist wieder da.
Und das sind wirklich dieselben Bücher, die er COLOMER angegeben hat?
Genau dieselben.
Ah!.. Ich vergass. Dieses Telegramm ist für Sie gekommen. Offensichtlich Ihr Draht bei der Polente. Das ging schnell.
Hat FAROUX seine Verbindungen nicht mehr? Diese Schnelligkeit ist komisch. Will er mir nicht helfen?
120 RUE DE LA GARE STOP EXISTIERT NICHT GRUSS FAROUX
120 rue de la Gare gibt es nicht.
Was soll das heissen?
Es gibt keine rue de la Gare in Paris?
.. Oder keine Nummer 120 an der rue de la Gare!
Diese Nacht ging ich nicht ins Krankenhaus zurück. Nach einem schnellen Essen bat ich COVET um ein Bett. Der Journalist verstand wohl, dass es mir nicht gut ging...

Ich gebe ihnen zwei Wolldecken. He BURMA, macht Ihnen nichts aus, auf dem Boden zu schlafen, oder?
Ich trage diese Scheiss-Schuhe schon seit Kriegsanfang.
AARH!
... Dieser verdammte Schnürsenkel! Zerrissen!
?
HERR COVET! TELEPHON FÜR SIE!!
'KOMME!
Sieh an!... Ist das der Nachbar von unten !?
Es war Mitternacht. COVET ging brummend runter, um alsbald wieder aufzutauchen.
Es ist natürlich für Sie!
JA?
Hallo. Herr BURMA? ... hier LAFALAISE. Wir müssen uns sofort treffen. Ich habe Neuigkeiten.
Gratuliere. Sie sind sehr schnell.
Legen Sie los, ich höre...
Nicht am Telephon. Es ist besser, Sie kommen vorbei.
Wo? An der Tête d'Or?
Ja, aber nicht bei mir. Ich rufe nicht aus meinem Büro an. Ich bin gerade bei einem Freund, den ich nicht verlassen kann... Ein Freund, der sich mit ihnen über Filmstars unterhalten will...
Gut!... Sehr gut. Wohin soll ich kommen?

Er gab Erklärungen ab. Es war ziemlich kompliziert. Er schlug vor, jemanden auf die Boucle-Brücke zu schicken. Ich nahm an.
Was meinen sie zu einem Spaziergang, COVET? Gehen wir rauf und ziehen uns wärmer an.
?
WAS!..
Hören sie, BURMA! ... um diese Zeit auszugehen!! ... Es gibt Patrouillen und sie sind immer noch Soldat!
Nehmen Sie ihr Beret, es ist kalt draussen.
Ich denk' mir, dass es unnötig ist, sie zu fragen, wohin wir gehen?
Genau!
Sie können mir vielleicht sagen, wer angerufen hat?
Ein Freund. Ich habe im Telephonbuch die Nummer Ihres Nachbarn rausgesucht. Man muss leicht erreichbar sein.
Dazu wusste ich, dass sie mir meine Beherbergung nicht ausschlagen konnten für eine Nacht.
Ihnen ist alles gegeben !!!
Fast alles, ja ...
SCHEISSE! ... mein Schnürsenkel ist gerissen!
Schon wieder!

Gehen Sie, COVET, man erwartet uns auf der Brücke ... ich komme !
AAAA
HA!
Ich erwartete diesen Schrei !!!
COVET! DIE EIER! 'N TRITT IN DIE EIER !
A
HIMMEL, COVET ! HAUEN SIE IHN AUF DIE SCHNAUZE !!!

SCHWEIN!
NA ALSO, DU KLEINER SCHÄKER...
MMM...
HA, GOTT-VER-DAMMT!
Ä
OH.. SCHEISSE
SCHEISSE!!

SCHEISSE! SCHEISSE! SCHEISSE!
Wo ist er hin ?
Er treibt Richtung Valence!
HERRGOTT!
Sparen Sie ihr Mitleid für ein anderes Mal. Wir gehen zu Ihrem Schmierblatt. Ich muss telephonieren, aber ohne den ganzen Formalitätenkram, ohne Ausweise, ohne Meldekarte und ohne die Adresse meiner Amme anzugeben.
Geh'n wir. Ich kenne in der Redaktion einen Schrank, wo's Cognac drin hat!
Im Ernst, BURMA, wussten sie, was uns bevorstand ?
Ich dachte es mir.
Und Sie liessen mich voraus-gehen in der Hoffnung, der Kerl würde mich für Sie halten! ... Und wenn ich in die Rhône gefallen wäre ?
Das konnten Sie nicht. Ich war da. Ich wartete auf Ihr Rufen.

Und wenn Sie zu spät gekommen wären? Wenn sie ausgerutscht wären? Wenn...
... wenn, wenn...
Ich hätte mich immer noch an Ihren Angreifer gehalten. Ich im Wasser und sie, COVET, mit dem Kerl, das hätte nichts gebracht. Sie hätten ihm nicht die richtigen Fragen stellen können. Ich hingegen...
Und ich im Wasser!...?
Ich hätte Sie gerächt, COVET!!!
Sie sind wirklich ein echter Kumpel!... Um dem Kerl die richtigen Fragen zu stellen, dafür ist es jetzt zu spät!
Um 1 Uhr morgens kamen wir beim "zurückgezogenen" CREPUSCULE an.
Das Blei! Ah, der Duft des Bleis... BURMA, das können Sie nicht verstehen...
Wo ist das Telephon?

Während COVET den Schnapskasten eindrückte, rief ich das Büro von Gérard LAFALAISE an. Niemand antwortete. Das erstaunte mich nicht.
Ich nahm das Telephonbuch zur Hand und rief alle Anschlüsse an, die unter dem Namen LAFALAISE liefen. Es waren ziemlich viele. Nicht wenige, empört durch die Störung mitten im Schlaf, wünschten mich zum Teufel.
Schlussendlich stellte sich ein Hector LAFALAISE als Onkel des Gesuchten heraus. Ich beschwor ihn, mir die Privatnummer seines Neffen zu verraten. Nach einigem Zögern gab er nach.
Im Haus des Detektivs antwortete mir ein Unterhund, Herr Gérard sei abwesend. Ich musste lange verhandeln, um die Auskunft zu kriegen...
Trinken Sie das, Mörder!
LE CRÉPUSCULE
... Gérard LAFALAISE war an einem Empfang bei der Gräfin de GASSET. Der Diener gab auch die Adresse der Adeligen preis.

Es war Cognac in einem Senfglas. Sozusagen sauber, wenn man einen Schnüffler begeistern wollte... Das Glas war voller Fingerabdrücke.
Ich brauche Sie nochmals, COVET.
Nochmals!...
Dieses Mal geht's in die schöne Welt.
Aber...
Vergessen Sie nicht, am Schluss wartet der Pulitzer-Preis!
Wir kehrten in den Nebel zurück.
... die Gräfin de GASSET, sagt Ihnen das etwas?
Mmmjaa...
BERLIET
In ihrem Verhalten scheint nichts Verdächtiges zu liegen... Ein Dame von Welt... Kopflos... Lyoner Bourgeoisie, das grosse Geld... Seide! Verstehen Sie, was ich damit sagen will... da wird gefeiert...
Man amüsiert sich gut in der freien Zone.

Hier muss es sein.
Im 6ten Stock.
Es war 2 Uhr morgens, als wir vor dem Haus der Gräfin standen, zwei Schritte vom Bahnhof Brotteaux entfernt...
Ein Dienstmädchen wie aus einer Komödie führte uns in einen parfümierten Gang. Das Geräusch von Gesprächen und Lachen drang zu uns und auch Fetzen von Musik.
Zum Teufel! Hier hätte ich Ihren Besuch nicht erwartet!
Unser Beruf ist voll Überraschungen.
Ich erzählte LAFALAISE, was auf der Boucle-Brücke passiert war.
Wir hatten abgemacht, uns bei allfälligen telephonischen Verabredungen mit dem Vornamen anzureden, was der Kerl nicht einhielt. Das hat mich misstrauisch gemacht. Jetzt schlage ich Ihnen vor, den Mantel anzuziehen und mit mir zu kommen.
Wohin?
Keine Ahnung. Das heisst, Sie haben die Adresse des Ortes, wohin wir gehen wollen. Nämlich zu Ihrer charmanten Sekretärin, von der ich nicht mal den Namen kenne.
Louise!!! Louise BREL Aber das verstehe ich nicht!

Heute Nachmittag schien sie mir zu doof, um natürlich zu wirken. Als Sie sie auf Madeleine MORLAIN ansprachen, hat sie eine Ansprache über FERNANDEL und die Paketaktion von PÉTAIN gehalten. Sie hätte ebensogut über MUSSOLINI reden können, um ihre Bestürzung zu verbergen... Sie kennt das gesuchte Mädchen und aus irgendeinem Grund scheinen meine Aktivitäten sie zu stören...
Das glaub' ich nicht.
Ohne Zeit zu verlieren, beschloss sie, diese zu beenden und schickte mir einen Killer! LAFALAISE, Sie lassen Ihre Notizen auf dem Schreibtisch liegen, nicht wahr?... sie wusste, wo sie mich in Notfällen erreichen konnte.
Mein Wagen steht unten.
Sie haben nicht zuviele Probleme mit dem Benzin?
Es geht...
BURMA, sind Sie sicher, dass Sie sich nicht auf dem Holzweg befinden? Hat Louise Sie angerufen?
Nein. Der Kerl hat alles für sie erledigt... sogar den unvorgesehenen Taucher... Jedenfalls war's der falsche Schwimmer.
Das ist unglaublich! Sie irren sich bestimmt.
Das sicherste Mittel ist, den Vogel aufzusuchen. Und wenn Sie bis zur Morgendämmerung brauchen, um mir Ihr Vertrauen in sie zu versichern, riskieren wir, dass sie schon abgehauen ist!
Unglaublich!

Ist es noch weit?
Wir sind da.
Louise, lassen Sie uns reinkommen!
?
Herr LAFALAISE!? Was machen Sie hier?... Aber... es ist drei Uhr morgens!
Ziehen Sie sich an, nehmen Sie ihre Ausweise und kommen Sie mit. Sie werden der Polizei Auskunft geben über den Überfall, den einer Ihrer Komplizen auf mich ausgeübt hat!
Ich habe versucht, Herrn BURMA über seinen Irrtum aufzuklären. Er wirft Ihnen vor, ihm eine Falle gestellt zu haben! Das ist... Das ist... Hören Sie, Louise, bleiben Sie nicht einfach stumm! Verteidigen Sie sich.
Mich vor wem verteidigen? Warum? Ich weiss nicht, was der Herr mir vorwirft? Eine Falle? Ich habe ihm nie im Leben eine Falle gestellt. Ich...

Kennen sie diese junge Dame?
Ja. Das ist Madeleine MORLAIN.
Wollen Sie mich verarschen? Kennen sie jemanden, der ihr ähnlich sieht? Ich habe Ihnen diese Frage schon heute Nachmittag gestellt!
Ich weiss.
... Und Sie haben mir nicht geantwortet! Kennen Sie jemanden, der dieser Schauspielerin gleicht?
Nein!
Kennen Sie jemanden, der dieser Schauspielerin gleicht?
Nein!
SIE LÜGEN!
Nein! Lassen Sie mich los, sie tun mir weh!
Herr BURMA, hören Sie sofort auf!
Jemand wollte mich in die Rhône werfen, Herr LAFALAISE!... Lassen Sie mich mit Ihrer Sekretärin reden! Halten Sie für 5 Minuten die Schnauze!
Einverstanden, Herr BURMA, aber bleiben Sie ruhig, ganz ruhig...
Fräulein BREL, Sie haben mich heute nacht durch einen gedungenen Killer überfallen lassen, als ich zu einem fingierten Treffen ging ... eine Falle!
Gehen Sie, sonst schreie ich! Irgendein Nachbar wird bald die Polizei rufen!

Die Polizei?... Geh'n wir! Die Polizei?... Mein Täubchen, ich fürchte die Polizei nicht!
Das war falsch. Die Polizei hätte mich ziemlich in Verlegenheit gebracht.
Wenn jemand hier die Polizei fürchten muss, sind Sie das! Sie behaupten ja weiterhin, die gesuchte Frau nicht zu kennen! Sie wollen verhindern, dass ich meine Suche nach ihr weiterführe – warum, werden Sie mir erklären – indem Sie mich in die Rhône werfen lassen! Die Verabredung wurde per Telephon gemacht. Nur eine einzige Person hier in Lyon kannte meine Nummer. Ihr Chef! Ich habe Gründe, ihn nicht zu verdächtigen. Eine zweite Person konnte sich die Nummer leicht besorgen: Sie!
Fräulein Louise, Sie ärgern mich! Ihr Theater reicht mir!... Sie wollen zur Polizei gehen? Also dann, wecken wir den Kommissar BERNIER, derjenige, der den Mord an meinem Ex-Angestellten COLOMER untersucht. Ich warne Sie, BERNIER wird sehr schlechter Laune sein!... Gehen wir!
BURMA!
NEIN!
Ich kenne die Doppelgängerin von Madeleine MORLAIN.
Endlich!... Ihr Name? Ihre Adresse?
Ich weiss nicht.
Geht das schon wieder los!!

Ich sah diese junge Frau mehrmals mit Paul zusammen. Ich hielt sie für seine Geliebte.
Wer ist Paul?
Paul CARHAIX, ein Angestellter der Agentur.
Das ist richtig.
Herr LAFALAISE, sind sie zufrieden mit Ihrem Personal?
Um 4 Uhr 10 verliessen wir die Wohnung von Louise BREL.
Gehen wir zu CARHAIX. Die Prüfung seiner Bude könnte interessant sein. Wo wohnt er?
Im Croix-Rousse-Quartier. Sie... Sie benachrichtigen nicht die Polizei?
Später... Später.
Das war mühsam!... Die Beschreibung, die Sie mir von diesem CARHAIX gegeben hat, entspricht in etwa meinem Angreifer von der Boude-Brücke... Soweit ich ihn während des Treffens erkennen konnte.
Unser! ... Angreifer!
Warum suchen Sie dieses Mädchen?
Ich traf sie eines Abends im Bus, seitdem bin ich ihr verfallen.
Zusammengefasst: Gestern abend, als CARHAIX zur Agentur zurückkam, war LAFALAISE abwesend, und seine Sekretärin hatte ihn über alles informiert.

Louise BREL dachte, dass CARHAIXs Freundin Gefahr drohte, dass sie in ein Verbrechen verwickelt war oder Opfer irgendeines Komplottes, denn es war ihr schlicht unvorstellbar, dass ein Mädchen mit so sanften Augen irgendetwas Schlechtes tun könnte!!!
Ihre Sekretärin vertraute diesem kleinen Schleimer von CARHAIX voll und ganz, hat sie uns gesagt...
...Und immer noch laut ihr: CARHAIX versichert ihr, dass das holde Kind über jeden Zweifel erhaben ist und dass er Nestor BURMA umgehend zur Rede stellen will!
...Sie gibt ihm die Telephonnummer, die ich Ihnen gegeben hatte ...und die sie problemlos auf ihrem Tisch gefunden hat.
CITROËN
Hat Ihnen CARHAIX bei Ihren früheren Begegnungen das Mädchen nicht vorgestellt?
Nein. Ich wechselte die Strassenseite.
So! Sie sind sicher, dass er gestern abend nicht Ihren Namen erwähnt hat?
Ganz sicher.
War sie seine Geliebte?
Ich... ich glaube.
Sie sind nicht sicher?
Nein.
Verstehen Sie, LAFALAISE?... Ihr Angestellter musste ein wichtiges Motiv haben, um mich daran zu hindern, mich in die Geschichten seines jungen Schützlings einzumischen... Die sicherlich nicht seine Geliebte ist, sondern eine Bekannte, jemand, der Ihren Angestellten hinter Ihrem Rücken benutzt.
CARHAIX ruft die Nummer an, die er von Ihrer Sekretärin erhalten hat, er ahmt Ihre Stimme nach... und greift mich auf der Boude-Brücke an.
Uns!... Greift uns an!
Das ist unglaublich!

Was ist aus Paul geworden?
Sie lieben diesen Mann?
Er war mein Geliebter. Dann liebte er mich nicht mehr ... Ich liebe ihn noch. Deshalb wollte ich die Frau, die ich für seine Geliebte hielt, nicht erkennen. Deshalb habe ich ihn gewarnt. Ich wollte nicht, dass er leidet, nicht mal indirekt wegen ihr.
Was ist nur aus ihm geworden?
Vergessen Sie ihn. Sie werden ihn nie mehr sehen.
Eine Patrouille! Geben sie Gas, LAFALAISE!!! Überfahren sie diese Petain-Schwalben!
HA! HA! HA!
LAFALAISE hatte eine Fahrbewilligung und eine Spezialkarte, die offenbar von einem hohen Tier ausgestellt worden war... Ich dankte dem Zufall, dass ich auf jemanden mit so guten Beziehungen gestossen war.
Die Polizisten baten uns, mit Abblendlicht zu fahren. Die Verdunklung wurde bei weitem nicht so rigoros durchgesetzt in dieser Zone, aber "man soll nicht übertreiben." Letzte Woche war die Gegend von unbekannten Flugzeugen überflogen worden. Zehn Minuten später waren wir bei CARHAIX angekommen.

Es war im zweiten Stock eines Hauses ohne Hauswart... Die Hoftüre war offen.
Wir müssen die Türe eindrücken.
Nicht doch! ... COVET wird sie mit seinem Pfeifenputzer öffnen.
Berühren Sie nichts. Früher oder später wird die Polente hier auftauchen.
Was suchen wir eigentlich genau?
Einen Frauennamen und wenn möglich eine Adresse dazu. Löschen Sie Ihre Pfeife, lassen wir keinen Tabakgeruch da.
Wir durchsuchten alles, ohne Erfolg. Die Wohnung schien frisch aufgeräumt.
Offensichtlich wollte CARHAIX nach der Tat nicht mehr hierher zurückkehren.
GRAMMONT
Wieviele Mäntel besass Ihr Angestellter, Herr LAFALAISE?
Er hatte immer nur zwei. Einen grauen und.... Ah!... diese zwei da!
Er war im Anzug, als er mich überfiel, um beweglicher zu sein. Ich stelle mir vor, dass er, wenn er nach dem Mord hätte fliehen wollen, seinen Mantel mitgenommen und irgendwo deponiert hätte... Das scheint nicht der Fall zu sein. Die Jahreszeit ist nicht günstig, um ohne Mantel 'rumzulaufen. Dass er einen neuen kaufen wollte, scheint mir auch zweifelhaft. Ich komme zwar aus dem Stalag, aber ich habe gehört, dass Kleider rationiert sind.

CARHAIX hat hier aufgeräumt und alle kompromittierenden Papiere verschwinden lassen – falls er welche hatte –, bevor er den Hinterhalt legte… In der Absicht, wegzugehen, wenn sein Plan gelingen sollte. Aber nichts hätte ihn daran hindern können, nach der Tat wieder hierherzukommen um sich umzuziehen, seinen Koffer zu schnappen und zu verschwinden.
Schon möglich.
Nur stand hinten im Schrank ein Koffer, der nicht danach aussah, reisefertig gepackt zu sein. Aber ich hielt meinen Mund.
Wir durchsuchten den Koffer und die Taschen aller Kleider. Sie enthielten nicht mal eine Strassenbahnfahrkarte.
Wir können abhauen.
Ich war weder ganz enttäuscht noch ganz zufrieden.
… Länger hierbleiben bringt uns nicht weiter.
BURMA! …KOMMEN SIE!
?
Der Weihnachtsmann ist zu früh dran! Sehen sie, was ich in diesen alten Latschen gefunden habe! In dieser Schachtel, unter alten Zeitungen versteckt. Das Ganze stand unter dem Spülstein.
Es gibt bessere Verstecke!
In der Tat!
Beretta, Kaliber 32.
COLOMER?… Er war voll Blei … Kaliber 32…
Nicht sehr interessant! COVET, tun Sie das wieder dahin, wo Sie's gefunden haben, und lasst uns abhauen…

LAFALAISE ging seiner Wege. Vorher liess ich ihn seinen Spruch wiederholen, damit wir der Polente denselben Mist servieren konnten: Kein Wort über die Durchsuchung von CARHAIXs Wohnung. Und seine Sekretärin durfte keinen Pieps tun.
BURMA, ich habe den Eindruck, dass es LAFALAISE Spass macht, Ihr Komplize zu sein!!! Das wird ihm bald vergehen, er ist ja noch Anfänger...
Wir nahmen die erste Seilbahn, die zum Platz Croix-Pâquet runterfuhr, zwei Schritte von COVETs Wohnung entfernt... Es war 5 Uhr morgens, den 11 Dezember 1941
Hübscher Abend ... hat mir gut gefallen!
Sie vergessen den Pulitzer-Preis, COVET!!
... Ein Überfall ... um ein Haar auf meine Kosten; ein Typ in der Rhône; das Verhör einer Privatdetektivsekretärin; Einbruch und Durchsuchung der Wohnung eines Mörders; in einem Schuh die Entdeckung einer automatischen Pistole, Kaliber 32; von diesem Typen vergessen, der seine Wohnung sehr gut aufgeräumt hatte ... ein Indiz, die Knarre?... «Tun sie das wieder dahin, wo sie's gefunden haben» ... Langweilige Nacht!
Sie sollten sich ein wenig hinlegen, ein, zwei Stunden schlafen... Was denken Sie von dieser Louise BREL?... Nicht wie Hélène CHATELAIN, ihre Sekretärin, die...
Privatdetektivsekretärinnen sind alle gleich!

Bevor ich dem Kommissar meine Aussage machen ging, wollte ich mich mit MONTBRISON unterhalten. Dieser Rechtsanwalt hatte seinen guten Ruf nicht gestohlen. Er war eine juristische Leuchte und konnte mir in einem so heiklen Fall eine Hilfe sein. Um 7 Uhr läutete ich an seiner Tür.
Es ist früh. Herr MONTBRISON schläft noch,.. Gut, ich werde Sie anmelden.
Genau! ,,, melden sie an!
Der Diener bat mich, im Arbeitszimmer zu warten.
Ich vertrieb mir die Zeit mit einer sehr schönen Edgar Allan Poe-Ausgabe, illustriert von NICOLLET.
DER GESTOHLENE BRIEF
NICOLLET
BURMA!,,, Welches Ereignis beschert mir ihren morgendlichen Besuch?,,, In dieser Frühe.
Tut mir leid, Sie so früh aus dem Bett zu holen, aber ich brauche Ihren Rat. In einer halben Stunde habe ich eine Unterredung mit Kommissar BERNIER. Während diesem Gespräch werde ich ihm gestehen, dass ich diese Nacht jemanden in die Rhône geworfen habe.
WAS! ?

Was soll denn das heissen?
Ich erzählte ihm, dass ich einen Detektiv beauftragt hatte, die Lyoner Vergangenheit von COLOMER zu durchleuchten,,, dass der Trottel dies offensichtlich überall rumerzählt hatte... dass ein Komplize des Mörders oder gar der Mörder selbst davon Wind kriegte, mir eine Falle stellte,,, usw,,, usw.
Wie kann ich Ihnen helfen?
Indem sie mir Tips aus Ihrem Fachbereich geben. Ich bin gespannt, wie BERNIER das alles hinnehmen wird,,, Er kennt mich, zumindest meinen Ruf... und der Ruf eines Privatdetektivs,,,
Aber,,, wollen Sie ihn wirklich informieren?
Das ist unerlässlich. COLOMERs Geschichte ist mit der meinigen verbunden.
Wenn Ihr Angreifer und der Mörder COLOMERs dieselbe Person sind, ist nicht mehr viel zu machen. Die Fische werden als Geschworene fungieren! Und das Urteil ist vollzogen, bevor es überhaupt gesprochen wurde.
Angenommen, Kommissar BERNIER hat Zweifel an meiner Notwehr-Version... angenommen, es gibt Schwierigkeiten, könnten sie dann die Wogen glätten?
Aber sicher. Muss ich Sie zu den verehrten Herren begleiten?
Wo denken Sie hin!? Wenn ich da mit Anwalt ankomme, legen sie mir umgehend Handschellen an!!
Ich verliess den Anwalt mit dem Versprechen, ihn auf dem laufenden zu halten. Wir hatten eine Art Strategie entwickelt,,. Ich hoffte, nicht darauf zurückgreifen zu müssen.

Ich hatte noch viel Zeit übrig. In einem Postamt schrieb ich drei Interzonekarten. Dann trank ich einen Kaffee mit viel Saccharin. In einem Tabakladen kaufte ich Tabak. Die Pfeife stopfend ging ich nun zum Justizpalast.
1941 l'année
NETTOYAGE
LA LIGUE FRANÇAISE
TOUS UNIS
PETAIN
ET 1881
LYON -THEATRE de L'
Tournées GUY
PAUL VANDENBE
SUZANNE FLEUR
GUY RAPP
9 Uhr 10... Mal sehen, ob dieser traurige Beamte schon an der Arbeit sitzt.
Hallo, BURMA!... Dieses Beret ist lächerlich. Scheint, als ob sie die Nacht über am Festen waren!
Nicht weit daneben... Zwischen Mitternacht und 1 Uhr morgens ging ich über die Boude-Brücke, als ich von einem Kerl angegriffen wurde. Offensichtlich wollte er mich ins Wasser kippen. Wir haben gekämpft... Er ist schwimmend nach Hause gegangen.
1941
11
WAS!... Sie machen Spass, hoffe ich? Oder?
Überhaupt nicht!
HUMPF... HUMPFF
Ich erzählte ihm mein Märchen. Er fragte mich nach Details. Ich gab sie ihm, unterschlug aber eine Menge. Die Liebesprobleme des Fräulein BREL und unser Besuch bei Paul CARHAIX gingen ihn nichts an.
Und dieser Detektiv?... Dieser LAFALAISE... Ist der Mann vertrauenswürdig? Ist nicht er der Täter?
Ich habe ihn vor kurzem gesehen. Er schien nicht aus dem Wasser zu kommen...
11
DECEMBRE

Stellen Sie sich nicht dumm, BURMA! Dieser Detektiv könnte der Drahtzieher sein.
Da ist nichts zu machen, Herr Kommissar. Er ist nur ein Idiot und ein Schwätzer dazu.
Man darf nichts Vernachlässigen... Ich werde den Vogel überwachen lassen!
Er bellte Befehle im ganzen Haus herum. Insbesondere die Wasser- und die Hotelabteilung fanden seine Aufmerksamkeit.
Heute abend... Spätestens morgen haben wir ihren Mann! Auch wenn wir die Rhône durchkämmen müssen! Ich will diesen Typen aus der Nähe sehen. Er kann nicht weit gekommen sein. Wir werden ihn durchsuchen, seine Adresse finden... seine Wohnung durchwühlen... Ein Fall, der wie alle andern enden wird.
Er hätte weitergemacht, wenn ich ihn nicht unterbrochen hätte.
Was sagt der Autopsiebericht?
HA! HA! HA!
Warten sie, bis wir den Mann heraus gefischt haben...
Ich spreche vom Fall COLOMER.
Der Autopsiebericht?... Nichts Besonderes. Automatische Pistole, Kaliber 32. Das habe ich Ihnen schon gesagt. Ihr Mitarbeiter hatte fünf Kugeln im Rücken. Haben Sie's gewusst? ... Übrigens, war Ihr nächtlicher Angreifer Franzose?
Das habe ich ihn nicht gefragt. Wieso?
Nichts. Diese Ausländer...
Er verlor sich in fremdenfeindlichen Tiraden.

Von BERNIER erfuhr ich nicht viel. Er hatte keinen blassen Schimmer, woher die neuntausend Francs stammen könnten, die COLOMER bei seinem Tod auf sich trug. MONTBRISON wusste auch nicht mehr als wir. Die Höhe dieser Summe gab mir zu denken, denn ich wusste, dass Bob nicht sparsam war...
MOUTARDE DIAPHANE
REVOLUTION NATIONALE
vec le MARECHAL
atience ◇ Silence
Confiance
Français u
Scheiss-stadt.
Mein lieber BURMA, wir leben in einer komischen Zeit. Ich kenne in Lyon einige Taugenichtse, die heute auf dem hohen Ross daherkommen... Das Rezept? Schwarzmarkt! Was sagen Sie dazu?
Spielen sie Poker, BURMA?
Ich hinterliess dem Kommissar meine Kontaktadresse, falls es etwas Neues geben würde. Ich versprach, auch mal einen Abend mit ihm beim Pokerspiel zu verbringen (ein Spiel, dass er heiss zu lieben schien).

Die Bibliothek lag ganz in der Nähe des Justizpalastes. Ich hatte die Bibliographie von COVET bei mir und verlangte die Bücher auf dieser Liste.
COLOMER, der Recherchen über den Marquis de Sade macht... Das muss ich mir genauer ansehen...
Rauchen verboten!
Ist das wahr?!
Ich begann mit "LES ORIGINES DU ROMAN NOIR EN FRANCE" von Maurice ACHE. Das Buch öffnete sich von selbst auf der richtigen Seite. Der vorherige Leser hatte einen Zettel vergessen...
COLOMERS SCHRIFT!!!
BST
vom Lyon herkommend, nachdem man dem göttlichen und höllischen Marquis begegnet ist, ist es das gewalltigste Buch seines Werkes.
Ich stellte fest, dass Bob die Schreibkunst seiner Eltern geerbt hatte, was die Echtheit des vergessenen Zettels bestätigte. Er schrieb vom Lyon statt von Lyon und gewalltig statt gewaltig.
COLOMER suchte hier in den Werken über SADE, nach der Lösung des Rätsels... und er hat die Lösung gefunden!... In seiner Aufregung hat er den Zettel mit dem Rätsel in diesem Buch vergessen.
Er hatte die Lösung des Wortspiels gefunden! In der Tat, unschwer konnte ich seinen erregten und triumphierenden Fingernagel erraten, der folgenden Satz unterstrichen hatte:
OHNE GLEICHWERTIGES IN JEGLICHER LITERATUR, VIER JAHRE VOR DEM ERSTEN ROMAN VON ANN RADCLIFFE UND ELF JAHRE VOR DEM BERÜCHTIGTEN MÖNCH LEWIS, HAT DIESES GEWALTIGE WERK...
GEWALTIGES WERK...
Nach dem Verfasser von "ORIGINES DU ROMAN NOIR EN FRANCE", handelte es sich um
DIE 120 TAGE VON SODOM!!!

120... Eine Hausnummer. An welcher Strasse? Rue de la Gare?
CHEF!!! 120 RUE DE LA GARE..
120 RUE DE LA GARE STOP
EXISTIERT NICHT GRUSS
FAROUX
Das Telegramm von Florimond FAROUX war eindeutig!
vom Lyon herkommend, nachde... göttlichen
...Vom Lyon herkommend... Bahnhof... Lyon... handelt es sich um die rue de la Gare oder um den Bahnhof von Lyon?
...die rue de Lyon...??
vom Lyon herkommend, nachdem man dem göttlichen und höllischen Marquis begegnet ist, ist es das gewaltigste ...ch seines Werkes.
Der göttliche + höllische....
Wenn wir von einer grundlegenden Analyse der Dualität in der Persönlichkeit des Marquis ausgehen, himmlisch und höllisch zugleich, ergibt uns das:
HIMMLISCH HÖLLISCH
GUT BÖSE
Halb dies halb das
halbe halbe
120 : 2 = 60!
60 RUE DE LYON???!
Ich verliess die Bibliothek ohne zu vergessen, mir COLOMERs Zettel anzueignen.
Rue de Lyon... Ich kannte jemanden an der rue de Lyon. Jemand, von dem ich ahnte, dass ich mich früher oder später darum würde kümmern müssen. Diese Person wohnte nicht in der Nr. 120, sondern in der Nr. 60!!
PALAIS S.T JEAN
120, rue de la Gare gleich 60, rue de Lyon?!.. Das ist an den Haaren herbeigezogen, bestätigt aber meinen Verdacht.
Sag Hélène 120 RUE DE LA GARE..
Sag HÉLÈNE!?

In einem Café schrieb ich einen neuen codierten Brief an FAROUX. Er ging am Nachmittag weg, dank einem Kollegen von COVET... Einem dieser Journalisten, die nichts anderes taten, als zwischen den Zonen zu pendeln.
TELEPHONE
Im Klartext heisst das: Telegramm erhalten. Danke. Überwachen Sie meine Ex-Sekretärin Hélène CHATELAIN, wohnhaft 60, rue de Lyon.
Wiederholen wir: Der Mann ohne Gedächtnis aus dem Stalag und COLOMER geben mir vor dem Sterben dieselbe Adresse an... aber der Mann ohne Gedächtnis fügt einen Namen hinzu: Hélène. Meine Sekretärin ist bestimmt nicht die Einzige mit diesem Namen...
Bei seinem Tod hatte ich in keiner Weise daran gedacht, dass der Mann ohne Gedächtnis Hélène kennen könnte, aber seither wurde COLOMER ermordet, COLOMER, der... Hélène kannte und auch 120, rue de la Gare!
vive PETAIN!
voila le cri du peuple
LISEZ
LE CRI du PEUPLE
DE PARIS
DIRECTEUR JACQUES DORIOT
1er GRAND QUOTIDIEN D'INFORMATION
Ich hatte das Bedürfnis, meine Ex-Sekretärin in diesem Puzzle unterzubringen... Ich nahm an, dass sie, auch wenn sie am Tod COLOMERS nicht schuld war, irgendwie drinsteckte.
RUE PETIT-DAVID
BROUILLARD
L'ALMA
MORLAIN
LIBRAIRIE
EXPERIENCE
MICKEY
ET LE TRESOR
Gegen Mittag unternahm ich einen Vorstoss Richtung Spital.

Niemand dort schien meine unerlaubte Absenz bemerkt zu haben.
Da hast du dein Beret wieder, Lucien. Es wird heute nicht regnen.
Mir egal!
?
Ich verliess das Krankenhaus so einfach, wie ich reingegangen war. Ich ging zum Ufer. Unter den Augen von Passanten sondierte die Wasserpolizei die Rhône. Ich überlegte eine Weile mein Vorgehen und stieg dann zum Fluss ab.
?
HE!.. BURMA!
Sie kommen genau richtig! Man hat mir soeben durchgegeben, dass bei Mulatière eine Leiche rausgezogen wurde. Er trug keinen Mantel, ist aber auch kein Clochard. Es muss sich um Ihren Mann handeln. Kommen Sie mit, um ihn zu identifizieren.
JA?!

Und sonst, gibt's was Neues, Kommissar?
... Was COLOMER betrifft, habe ich die Schwarzmarktspur aufgegeben... Ihr Mitarbeiter als Opfer einer Rache von Gangstern, die amerikanische Zigaretten schmuggeln!
Da taten sie gut daran.
Kurz nach Ihrem Besuch heute morgen hat eine gewichtige Persönlichkeit Lyons, die von einer Reise zurückkehrte, sich uns zur Verfügung gestellt...
... Vor einigen Monaten hat er COLOMER mit einem delikaten Fall beauftragt, den dieser brillant gelöst hat.
Die neuntausend Francs, die wir bei ihm gefunden haben, waren sein Honorar. Er hatte viel verlangt, damit er eine eigene Detektei aufmachen konnte.
So?

Wir wurden von dem stummen Polizisten empfangen, demjenigen, der BERNIER ins Krankenhaus begleitet hatte; er hatte seine Sprache wiedergefunden.
Wir sind da!
Vor einer Stunde hat ein Junge den Ertrunkenen gefunden, eingeklemmt zwischen diesen Baumstrünken. Die Leiche haben wir in einem Strassenwärterhaus da drüben deponiert.
Erkennen Sie Ihren Angreifer?
Er hat sich ein wenig verändert seit gestern, aber er ist es.
Haben Sie ihn schon mal gesehen?
Nie!
HA HA! HA!
Ich bin fertig. Ich lasse Ihnen den Jodler, solange er noch warm ist, Doktor!
Starker Bluterguss am Kinn, kommt wahrscheinlich von einem Faustschlag.
Ihr Werk ohne Zweifel?
Zweifellos...
Durchsucht ihn mir!

... Ein angefangenes Paket Gauloises, ein Taschentuch, ein Paar Handschuhe, eine Brieftasche, ein Kugelschreiber, eine Uhr, ein Feuerzeug und ein Schlüsselbund.
Geben Sie mir die Brieftasche!
Der militärische Dienstausweis lautet auf Paul CARHAIX, eine Quittung für die Miete, vier Noten zu 100 Francs und...
Sehen Sie sich das an, BURMA! ... Ein Dienstausweis. Ihre Leiche arbeitete für LAFALAISE!
LIVRET INDIVIDUEL
Kein Wunder, dass er so gut informiert war.
Du sagst es! ... Insbesondere, wenn sein Chef ihn informiert hat...
Das würde mich wundern.
Egal! ... Ich lag vielleicht doch nicht so falsch damit, LAFALAISE zu überwachen.
Gehen wir der Wohnung CARHAIXs einen Besuch abstatten. Einer dieser Schlüssel wird uns öffnen. BURMA, wenn Sie Lust haben...
Ich hatte keine Lust... Doch ich wollte den braven Kommissar nicht verletzen.
CITROEN
Seit einigen Tagen besteht ein hoher Verbrauch an Privatdetektiven. An Ihrer Stelle würde ich aufpassen, BURMA!
... Das mache ich ja, Kommissar, deshalb folgt uns CARHAIX im Leichenwagen.

Ich fühlte ein leichtes Schaudern, als ein Beamter den Schlüssel ins Schloss führte. Würde er bemerken, dass es geknackt war? Er merkte nichts ... Und ich dachte, dass es sowieso belanglos war. CARHAIXs Wohnung war im selben Zustand, wie wir sie verlassen hatten.
Nun?...
Ordentlich und sauber. Scheint, als ob jemand vor kurzem hier aufgeräumt hätte.
Hmm...
BERNIERs Assistent bemerkte plötzlich etwas, was mir letzte Nacht entgangen war...
Ein Ramschhändler, dieser Typ! Schaut mal: Ein Koffer voll Handschuhe. Alle möglichen Handschuhe... Sommerhandschuhe, Winterhandschuhe ... für jede Jahreszeit!
Eine Stunde später liess mich BERNIER in der Nähe des Bellecourplatzes aussteigen.
Und vergessen sie unsere Pokerpartie nicht, BURMA!
Ein vorsichtiger Mann, dieser CARHAIX. Sie haben seine Brieftasche gesehen... Keine kompromittierenden Papiere und diese sorgfältig aufgeräumte Wohnung... Aber auch der Vorsichtigste vergisst manchmal etwas, was ihn aufs Schafott führt!
Oh!.. Kommissar, sie würden doch keine Leiche guillotinieren?
CHAQUE
SECOURS NATIONAL
ENTR'AIDE D'HIVER DU MARECHAL
ILS ONT FROID
ILS ONT FAIM
Aidez-moi
A LES SECOURIR

Ich schlenderte ein oder zwei Stunden durch die Strassen. Um 18 Uhr betrat ich das Café in der Passage. 45 Minuten später gesellte sich COVET zu mir.
Ich klärte ihn über das Geschehen des Tages auf.
Sie sind also mit den Polypen zu CARHAIX, und...
Tja... Und sie fanden die Beretta unter dem Spültrog. Sie haben schlecht gesucht, COVET!... Im andern Schuh war ein Schalldämpfer... Derjenige, der auf die Waffe passt. Ich habe nichts zu Mittag gegessen, laden sie mich in ihre Journalistenkneipe ein. Ich habe Hunger, COVET, Erbarmen, bitte...
Spielen Sie nicht den Idioten!
?
HERR BURMA ANS TELEPHON!

Herr BURMA? ... Es ist die Polizei. Ich will keine Schwierigkeiten, klar?
TAB
Ich weiss nicht, wie Sie Ihre Zeit verbracht haben, seit wir uns verabschiedeten, ich jedenfalls habe meine gut genutzt!... Die Sache ist aufgeklärt und wir können einen Schlussstrich darunter ziehen ... oder fast. Kommen Sie!
?
Ich komme!
Der Kommissar erwartete mich... Er war guter Laune. Er servierte mir eine Tasse Kaffeeersatz...
Diese Geschichte geht ihrem Ende entgegen. Bald können wir uns unbeschwert dem Pokerspiel widmen.
... Das haben wir verdient!
... Sie sagen es!
... Dann zog er die Beretta aus der Schublade, die teilweise noch leicht von Pulver überzogen war.
Wir haben keine Fingerabdrücke festgestellt, nur leichte Handschuhspuren... Das ist alles uninteressant. Aber es war diese Waffe, die Ihren Mitarbeiter niedergestreckt hat!

Die aus COLOMERs Körper entfernten Kugeln wurden aus dieser Waffe abgefeuert. ... Da besteht kein Zweifel. Das Labor ist sich sicher... Und Sie wissen bestimmt, dass wir hier in Lyon das beste Polizeilabor Frankreichs haben.
...Was etwas heisst!
Unter uns... Seit der Entdeckung dieser Waffe in der Küche Ihres Kunden hatten Sie einen Verdacht, nicht?
Es gibt mehr als ein Kaliber 32 auf der Welt!
Das ist wahr. Die Kugeln waren von besonderer Art, ein ausländisches Fabrikat, und ich habe mich eine gewisse Zeit in dieser politischen Spur verrannt. Ich hätte daran denken sollen, dass Internationale wie Eiffelturm Jo und seine Clique dieselben Waffen brauchen.
EIFFELTURM-JO?!
Nein, es ist nicht EIFFELTURM-JOs Geist, der COLOMER ermordet hat. COLOMERs Mörder... und der Ihrige, wenn ich das so sagen darf, ist ein Mann namens Paul CARHAIX, wenn wir uns auf die bei ihm gefundenen Papiere verlassen. Wenn wir uns aber auf seine Fingerabdrücke und unser Familienalbum verlassen und ihn erkennungsdienstlich behandeln, ergibt sich aus CARHAIX Paul JALOME, eine alte Bekanntschaft der Justizbehörden mit eindrucksvoller Visitenkarte...
... Ausbrecher, Landesverbot, Verbannung und ... altes Mitglied der Georges-PARRY-Bande. Später war er bei VILLEBRUN, einem derjenigen, die Sie uns als Rächer angegeben hatten, der dank Ihnen und Ihrer Mitarbeiter geschnappt wurde und von dem Sie mir selbst erzählt hatten.
1941
JEUDI
11
DECEMBRE
COLOMER interessierte sich sehr für Georges PARRY, EIFFELTURM JO genannt. Erinnern Sie sich an die Zeitungsausschnitte, die wir bei ihm fanden? COLOMER muss JALOME, den alten Komplizen von JO, aber auch von VILLEBRUN, der seit kurzem aus dem Gefängnis entlassen und auf Ihnen rachsüchtig war, ausfindig gemacht haben. Demzufolge hat VILLEBRUN einfach JALOME bewaffnet...
... der, indem er die Rache seines Chefs ausführt, gleichzeitig einen unbequemen Zeugen für sich selber verschwinden lässt?

Wieso hat JALOME, der mitten im Bahnhof Perrache geschossen hat, nicht auf mich geschossen auf der Boucle-Brücke und nur seine Fäuste gebraucht?
Der Lärm, BURMA, der Lärm...
„...JALOME hat den Schalldämpfer aus dem Schuh verwendet. Das Labor ist sich sicher! ...Kein Problem im allgemeinen Lärm des Bahnhofs, wenn dazu eine Militärmusik aufspielt. Aber in der Stille der Nacht war es ein Risiko... Um Ihnen alles zu sagen, hat CARHAIX-JALOME den Bahnhof nicht extra ausgesucht als idealen Tatort, glaube ich. Eher folgte er COLOMER und musste ihn dann umlegen, weil er Sie sah und sich Ihnen zuwandte.
Aber was machte Bob am Bahnhof?
AH!
GAULOISES
CAPORAL
Er floh! Er hatte zu hoch gegriffen. JALOME, das ging noch. Aber mit VILLEBRUN im Rücken wurde es ihm zuviel. COLOMER hatte ungeschickterweise seine Karten aufgedeckt und es blieb ihm nur noch die Flucht übrig, wenn nicht definitiv, so zumindest übergangsmässig.
Nun, alles klar? Die Untersuchung ist abgeschlossen, wie man so sagt?... ist es so, Kommissar?
Was CARHAIX-JALOME angeht, ja.
... Aber wir suchen immer noch VILLEBRUN. Seit wir wissen, dass er der Drahtzieher bei COLOMERS Ermordung war, verhören wir seinen Ex-Komplizen. Diesen Taschendieb, den wir einige Stunden vor dem Mord geschnappt haben... Er bleibt bei seiner Aussage, nichts von seinem früheren Boss zu wissen. Er wird sprechen, Sie können sich darauf verlassen!
Stossen Sie mir den Taschendieb nicht zuviel herum!
Gegen Mitternacht liess mich BERNIER vor dem Spital aussteigen. Er hinterliess den Eindruck eines zufriedenen Mannes. Um nichts auf der Welt wollte ich seine Euphorie stören...

Am morgen.
He Lucien, ich geh ein bisschen spazieren.
Bring was zu rauchen mit.
HE SIE!
Wieder gesund, ja?... Und Sie wohnen in Paris, also machen Sie sich bereit! Ein Sonderzug voll Repatriierter mit den Visa der deutschen Behörden geht nach Hause. Sie fahren heute abend in Lyon durch. Sie werden mitfahren! Da sind ihre Demobilisierungspapiere und zweihundert Francs.
Ich wollte...
WAS?!
... Sagen Sie mir nur nicht, dass es Ihnen hier drinnen gefällt! Sie waren insgesamt höchstens zehn Minuten hier! Ihr Zug geht um 22 Uhr!
Zuerst wollte ich meine Abreise verschieben und deshalb Kontakt mit Kommissar BERNIER aufnehmen... Dann hab' ich mir gedacht, dass ich in der Besatzungszone einiges zu tun hatte... ich fuhr nach Paris.
Ich komme um 8 Uhr bei Ihnen vorbei... ich bringe Ihnen Ihre Kleider zurück und Sie laden mich zum essen ein... ich bin nicht unglücklich, diese verdammte Stadt zu verlassen.
Ich gab die Neuigkeit an COVET weiter, und ich musste ihm auch von meinem Gespräch mit BERNIER erzählen. Ich hatte Mühe, ihn zu hindern, einen Artikel darüber zu schreiben.
Ich verbrachte den Tag damit, bestimmte Barmänner aufzusuchen, die sich einem bestimmten einträglichen Handel widmeten. Ich sucht Philip-Morris-Zigaretten für MONTBRISON. Er hatte sich mir gegenüber korrekt verhalten, und ich wollte mich erkenntlich zeigen. Ich hatte jedoch keinen Erfolg.

MONTBRISON musste ich auch alles erzählen.
... voilà, nun wissen sie alles.
Das ist ja toll. ... Ende gut, alles gut, sozusagen.
Ich hoffe, Sie in Paris zu sehen.
Sicher. Aber wann? Ich habe noch kein Visum gekriegt... Sowas dauert ewig. Ich kenne wohl einige Beamte, aber sie gehören zum vulgum pecus. Sie haben keinerlei Einfluss. Das dauert und dauert...
Ich hab' Glück, von diesem Sonderzug zu profitieren.
Mein letzter Besuch galt Gérard LAFALAISE.
Um mich auf die Boucle-Brücke zu locken, hat JALOME aus einer unbewohnten Wohnung angerufen, in der die Leitung noch funktionierte. So konnte er sich der Passkontrolle in den öffentlichen Sprechzellen entziehen. Die Polizei hat Spuren in einer nicht weit von hier gelegenen Wohnung gefunden. Er war ein vorsichtiger Typ, ausserdem ein Organisationstalent. Das entlastet Sie in den Augen BERNIERs, der Sie in Verdacht hatte.
Unglaublich!
Stellen Sie sich nicht so an... ich entschuldige mich für das unfeine Verhör.
Sie sind ein richtiger Polyp, BURMA!

Aus einem Café rief ich den Kommissar an.
Unser Poker geht flöten. Ich muss noch heute nach Paris zurück... militärischer Befehl! Sie brauchen mich nicht mehr?
Nein.
Nichts Neues vom Taschendieb?
Wir mussten das Verhör unterbrechen.
... Er hat Ihre schlagenden Argumente schlecht überstanden, nehme ich an...
HA! HA! HA! HA!
Um 20 Uhr war ich bei COVET.
Anzug und Mantel.
Geh'n Sie zum Karneval?
Nach einem von der Sekretärin bereiteten "Mahl" ging's zum Bahnhof.
TRAVAIL
FAMILLE
PAT
A BAS LES TRAITRES DE VICHY
A BAS LA COLLABORATION
VIVE LE GENERAL DE GAULLE
V ‡ V
LE TRAVAIL DES FRANCAIS EST LA RESSOURCE SUPREME DE LA PATRIE
LES FAMILLES FRANCAISES RESTENT LES DEPOSITAIRES D'UN LONG PASSÉ D'HONNEUR
SUIV
CONFIANC
Warten Sie noch 5 Minuten mit dem Artikel, COVET... Die Geschichte ist noch nicht fertig und der Pulitzer-Preis will verdient sein, nicht wie ein gemischelter Cognac-Preis...
Sie können wirklich nerven!

Um 21 Uhr 30 betraten wir den Perron. Das schlechtbeleuchtete, schlechtversorgte, schlechtgeheizte Bahnhofbuffet hatte uns angewidert.
Eine Stunde Verspätung! ...Das fängt gut an!
Haben Sie schon mal einen pünktlichen Zug erlebt?
SNCF
Der Zug hielt zwei Minuten. Ich fand ziemlich problemlos einen Platz.
BIS BALD, COVET!
Alles Gute Ihrer Familie, BURMA!
War COLOMER das Opfer einer Rache?
Wer war die schöne Unbekannte vom Bahnhof Perrache? Hatte sie geschossen?
120 Rue de la Gare gibt es nicht!... Was bedeutet diese rätselhafte Adresse?
Wetten, dass Nestor BURMA einiges zu tun haben wird im besetzten Paris?
Mehr davon erfahren Sie im zweiten Teil dieser spannenden Geschichte...
... Frei gestaltet nach dem Roman des berühmten Léo MALET vom erstaunlichen TARDI!...

Jacques Tardi
in der
Edition Moderne

TARDI–LEGRAND
DER KAKERLAKENKILLER

Walter Eisenhower ist bei der Blitz-Exterminating-Company in New York angestellt: als Kammerjäger oder eben als Kakerlakenkiller. Eines Tages gerät er in den dreizehnten Stock und hört etwas, das nicht für seine Ohren bestimmt ist. Bald erdrücken die Ereignisse den beschränkten, hässlichen, kleinen Walter, dessen Welt nur noch aus Kakerlaken besteht: Mafia, Polizei, Kollegen – alles Ungeziefer, das vernichtet werden muss.

64 Seiten, 2farbig, SFr./DM 22.–